다음은 다음 지금은 지금

다음은 다음 지금은 지금

2024년 12월 30일 제 1판 인쇄 발행

지 은 이 ㅣ 김영월
펴 낸 이 ㅣ 박종래
펴 낸 곳 ㅣ 도서출판 명성서림

등록번호 ㅣ 301-2014-013
주 소 ㅣ 04625 서울시 중구 필동로 6 (2, 3층)
대표전화 ㅣ 02)2277-2800
팩 스 ㅣ 02)2277-8945
이 메 일 ㅣ msprint8944@naver.com

값15,000원
ISBN 979-11-94200-49-9

설경 김영월 제 14집

다음은 다음 지금은 지금

도서출판 명성서림

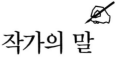

작가의 말

　나이가 들수록 하늘을 자주 보게 된다. 문득 바라본 하늘이 에메랄드 빛 호수인 듯 청명하고 추상화 같은 구름에 취해 볼 때도 있다. 세계에 많은 단체가 있지만 어느 멋진 분의 발상인지 구름 감상협회가 2004년도에 만들어졌다고 한다. 실용적인 일기예보가 아닌 그저 순수한 마음으로 구름 보기를 좋아하는 취미를 가진 사람들의 모임이라고 한다. 세상살이에 부대낀 사람들이 하늘을 바라보며 이 땅의 삶은 나그네 인생이고 잠깐이라는 사실에 작은 위로를 받지 않을까 싶다.

　일상생활에 코를 박고 지내다보면 주변에서 갑자기 형제자매나 친인척, 친구들, 교인들, 유명 배우나 저명인사의 장례식 등 부음이 끊이지 않는다. 내게도 저런 날이 머잖아 다가올 것이고 이미 노년에 이른 자신을 돌아보게 된다. 결국 죽음이란 것도 계속 되는 일상의 무늬들 가운데 하나의 특별한 무늬일 뿐 곧 잊혀지고 만다. 그러하다. 다음은 다음 지금은 지금으로 살아갈 뿐이다.

　한 강 작가가 우리나라 최초의 노벨 문학상 수상자로 발표된 2024년은 너무나 경사스런 한 해이다. 대한민국 문학이 세계인의 인정을 받게 된 쾌거인 동시에 나와 동시대인으로 함께할 수 있었기에 감격스러울 뿐이다. 비록 재능이 부족해 무명 작가로 20여 년을 지내지만 마치 내 일처럼 기쁨을 감출 수 없다. 그냥 내가 좋아하는 문학이기에 다시 한 권의 책을 펴내며 자족할 따름이다. 어느 독자의 가슴에 영혼의 교감이 이루어질 수 있다면 더는 바람이 없겠다.

2024년 겨울
도봉산 자락에서

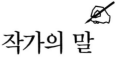

차례

제1부 아포리즘

제2부 다음은 다음 지금은 지금

제3부 망월동

제4부 바다 위 만리장성

제1부
아포리즘

낙엽을 바라보며

　　만추의 등불처럼 초록 숲은 고운 단풍으로 채색되어 간다. 그리고 바람 결 따라 한 잎 두 잎, 우수수...제 갈 길을 간다. 소리없이, 아무런 회한도 없이, 뒤돌아 보지 않고 만족스런 표정이다.

　　국민 엄마로 알려지고 전원일기에서 일용 엄니 역으로 친근한 김수미 배우가 갑자가 고인이 된 뉴스가 전해진다. 금년 한 해만 해도 내 주변에 많은 이들이 낙엽처럼 사라져 갔다. 친구, 옛 직장 동료, 형제, 교회 분들. 그들은 그런대로 세상살이 할 만큼 하고 자연사했기에 그래도 위로가 된다.

　　TV만 켜면 중동지역이나 우크라이나와 러시아의 지루한 전쟁이 계속되며 얼마나 많은 인명 피해가 발생하는지 모를 일이다. 귀한 목숨들이 우수수...낙엽 되어 사라져 간다. 지구촌의 인류는 오순도순 함께 지내지 못하고 자국의 이익만을 위해 무의미한 전쟁을 일으키고 죽이고 죽는 비극을 저지르고 있다. 가만히 가지를 떠나는 나뭇잎의 속삭임을 그들에게 들려주고 싶다.

인간의 잔인성

2024년 노벨 문학상을 수상한 한 강의 주요 작품 세계에서 인간의 폭력과 억압에 대한 주제를 다루고 있다. 채식주의자라는 소설에서도 주인공은 고기를 먹지 않겠다는 결심에도 불구하고 남편과 가족들로부터 이해를 받지 못한다. 아버지는 딸의 입을 억지로 벌려 고기를 먹이려 드는 장면은 끔찍한 느낌을 준다.

중동지역의 시리아 반군이 대를 이은 54년 독재자인 아사드 대통령을 끈질긴 내전 끝에 물리치고 마침내 자유를 회복했다. 그동안 독재자가 국민들에 가한 고통을 증명하듯 교도소에서 발견된 밧줄 올가미와 전기고문 기구 등 인간도살장의 현장을 보여 주었다. 이곳에서 약 3만 명이 희생되었다고 한다.

성경에 보면 사도 바울은 '선을 행하기 원하는 나에게 악이 함께 있다'고 탄식했다. 인간의 연약함을 그대로 드러내는 우리의 실존이 아닐 수 없다.

죄악

　고슴도치도 제 새끼를 예뻐하는데 엄마가 아홉 살 딸애를 여행용 가방에 가두어 질식시켰다는 뉴스가 전해진다. 처음엔 자비심으로 큰 가방에 가두었지만 두 번 째엔 작은 가방에 가두어 3시간이나 방치하고 외출했다는 엄마임이 밝혀졌다. 친모가 아니고 계모라고 하지만 어찌 그럴 수가 있는지 어처구니가 없다. 부모에 의한 아동학대에 문제가 있다고 여기고 관련법을 개정하느니 마느니 정치권에서 논의 중이란다.

　조선조 영조 임금이 자신의 아들을 뒤주에 가두어 죽인 비극적 사건이 생각난다. 사도세자는 갑갑한 뒤주에 갇혀 얼마나 부왕을 원망하며 기진맥진 끝에 죽음을 맞이했으랴. 9살 난 소녀가 뒤주 대신에 여행용 가방에 갇혀 죽은 21세기 판 사도세자의 비극이 재현되는 듯하다. 어린 소녀여, 인간의 죄성을 용서하려무나.

생명의 공존

산행 중에 숲 그늘을 찾아 자릴 펴고 쉬어 가기로 했다. 조금 있자니 개미떼가 부지런히 달려드는가 하면 파리들도 윙윙거린다. 한 번 쏘이면 끝장이라고 마는 말벌도 모습을 드러내고 나무에서 내려 온 쐐기도 엉금엉금 기어 온다. 어느새 들고양이도 나타나 한 입 달라고 나를 응시한다. 까마귀들도 낌새를 알아채고 먹이를 찾고자 기회를 노린다.

내가 앉아 있는 작은 공간이 얼마나 많은 생명체의 터전이 되는지 모르겠다. 음식찌꺼기를 조금이라도 남겨두지 않으면 그들의 방세를 떼어먹는 듯하여 그냥 일어설 수 없다. 지구촌의 어디라도 생존경쟁이 치열한 공간이 아닐까. 인간 이기주의 때문에 코로나 19 바이러스 균이 지금처럼 무서운 보복을 일으키지 않나 싶다.

우주 관광 시대

최근 뉴스 시간에 미국 플로리다주 우주센터에서 인류 역사상 첫 민간 우주선 발사가 성공했다고 떠든다. 대기권을 벗어나 450KM 상공에 떠 있는 국제 우주 정거장 도킹도 무사히 이루어졌다. 이제 인류는 지구별로 답답하여 우주의 다른 행성을 넘보며 관심을 돌린다. 일론 머스크 최고 경영자는 머잖아 승객 100명을 태워 보내고 50년 안에 100만 명을 이주시키겠다는 포부도 밝혔다. 우주 관광시대가 열리고 극소수의 부자들은 엄청난 비용에도 우주 여행을 즐기고 싶어 한다. 태양계에서 이미 지구라는 푸른 별이 얼마나 아름답고 살기 좋은 곳인지 증명되었지만 다른 별들은 아직 생명체가 살 수 없는 거친 사막 같은 표면에 적막감을 느낄 뿐이 아니던가.

지구 온난화로 환경이 파괴되고 있는 상황에 인류는 또다른 별을 오염시키는 죄를 저지르고 있는 게 아닐까. 미국의 우주인, 닐 암스트롱이 달에 첫 발을 내딛을 때 지구를 바라보며 '아름답고 푸른 별'이라고 감탄했다. 나는 지구라는 별에서 태어나 지금까지 아름다운 세상을 느끼고 살아온 것만으로 백번 만족한다. 나의 지구별, 오래오래 건재하길 기도하고 많이 많이 사랑해요.

분별력

솔로몬은 어렵게 왕위에 오른 뒤 하나님이 그에게 무엇을 원하느냐고 물었다. 그는 부귀영화를 이야기하지 않고 오로지 많은 백성을 잘 다스릴 수 있는 재판을 잘 하고 싶었다. 그래서 선악을 분별하는 지혜만을 달라고 했다.

주변을 둘러보면 세상이 부러울 만큼 성공한 사람들이 유종의 미를 거두지 못하고 도중하차하는 모습을 보면 참으로 안타깝다. 평생 공든 탑을 그대로 지켜내지 못한 채 분별력을 잃고 한순간에 와르르 무너지고 만다. 끝날 때까지 끝난 것이 아님을 명심하고 징검다리를 건너듯 조심조심 살아가야 할 일이다.

먹고 사는 일

인도네시아에 있는 유명한 화산 분화구에서 파란 불꽃이 너울너울 춤추듯 한다. 캄캄한 새벽 무렵부터 관광객들이 몰려들어 살아 있는 지구의 신비한 모습을 바라보며 감탄한다. 유황이 뿜어져 나와 공기중 산소와 만나 그렇듯 파란 불꽃을 연출한다고 한다. 해가 뜨고 날이 밝아오니 분화구 한쪽에서 유황 연기를 마시며 인부들이 작업에 열중한다. 황금덩어리처럼 굳어진 유황을 힘겹게 캐낸 뒤 약 60kg되는 무게를 양어깨에 걸머지고 가파른 산길을 오르내린다. 유황 채취가 그들의 생업인 만큼 독가스를 마시는 위험보다 유황 생산이 줄어들 것을 더 염려한다. 몸이 바스러지더라도 처자식을 먹여 살리는 일이 더 소중할 뿐이다.

세상에 태어나서 직업을 갖고 먹고사는 일이 결코 만만치않다. 지구촌의 가난한 서민들은 극한 직업도 마다하지 않고 오늘도 생존경쟁의 고단한 현장을 지킨다.

은둔형 청년

　서울의 명산인 도봉산을 동네 뒷산처럼 쉽게 가까이 지내는 것도 요즘 집콕시대에 행복인 듯싶다. 도봉산 여러 코스 중 내가 가장 명소로 꼽는 다락능선을 오르면 화강암 멋진 봉우리인 만장봉을 만난다. 이곳에서 서울 시내 전경을 바라보고 있으면 마음이 탁 트인다. 나보다 먼저 와 있는 청년이 있어 사진 한컷 부탁하려는데 의외로 낯익은 사람이다. 내가 사는 아파트의 같은 동에 윗층 총각이 아닌가. 그는 40세가 넘었지만 아직 취업도 못하고 미혼인 채 부모님과 함께 지낸다. 남들은 평일에 이런 시각이면 직장에서 바쁘게 지낼 터인데 겨우 산행이나 하며 풀이 죽어 있는 모습이 안타깝다.

　다른 어느 시기보다 요즘 우리 사회는 경쟁도 치열하고 경제도 안 좋은 만큼 젊은이들에게 가혹한 환경이 아니랴. 오죽하면 그들이 N포 세대라고 할까. 취업은 물론 결혼, 집 마련, 친구 관계도 포기하고 지낸다. 나는 그를 반가워 하지만 그는 어색한지 얼른 피하고 싶은 눈치이다. 결국 괴로운 젊은이는 도망치듯 산속으로 더 깊이 들어가 버린다.

자가격리

다산 정약용은 강진에서 18년 동안 유배 생활을 견디고 고향으로 돌아와 그나마 노후를 잘 마무리했다. 그렇지만 형인 정약전은 흑산도에서 끝내 풀려나지 못한 채 쓸쓸히 죽음을 맞이했다. 얼마나 많은 선조들이 정치적 이유로 절해고도나 오지에서 귀양살이하며 비참한 생활을 했는지 역사가 말해 준다. 아직도 우리 시대의 한반도 북쪽 동포들은 독재의 사슬 아래 꼼짝달싹 못하고 공포와 불안감 속에 일상을 살아내고 있으랴.

인간의 목숨을 위협하는 코로나 상황에서 '자가격리'라는 통보를 받고 집안에서 갇혀 지내야 하는 신체의 자유를 구속당하는 일이 참으로 답답한 일임을 실감했다. 하긴 감옥에서 죄수 생활하는 것에 비하면 아무 것도 아닐 수 있다. 그래도 자가격리를 이탈하면 '감염병 예방 및 관리에 관한 법률'에 따라 1년 이하의 징역 또는 일 천만원 이하의 벌금에 처할 수도 있다는 통지문이 겁을 주었다.

아파트 거실에서 창문을 통해 바라본 길거리의 풍경이 그리워졌다. 차량들은 바쁘게 달리고 행인들은 자유롭게 걸어 다닌다. 첫눈에 쌓인 도봉산은 어서 자신의 품에 안기라고 손짓한다. 어디든 가고싶은대로 갈 수 있는 자유를 일시적으로나마 제한받는다는 사실이 괴로웠지만 무사히 음성 결과가 나오고 다시 풀려났으니 감사할 뿐이다. 이유야 어떻든 신체의 자유, 헌법에 보장된 국민의 기본권이 얼마나 소중한 것임을 깨닫는다.

송내 피오르(FIORD)

　노르웨이의 최고 관광지인 송내 피요르는 빙하의 차가운 바다가 푸르게 빛난다. 수억만 년의 빙하가 녹아내려 협곡을 채우고 고요한 수면이 영혼의 세계처럼 펼쳐진다.

　이런 피요르의 신비함에 매료된 노르웨이의 작곡가인 그리그(1843-1907)는 그의 예술적 영감을 피아노곡으로 아름답게 표현했다. 얼마나 이곳 풍경에 도취 되고 애정을 품었는지 그의 무덤이 협곡 벼랑에서 발견된다. 죽어서도 피요르 바다를 바라보고 싶어 그는 시신을 화장하여 전망 좋은 이곳에 안식처로 마련해 줄 것을 유언했다. 그의 아내도 똑같이 화장돼 옆자리에 모셔졌다. 피요르 만큼이나 아름다운 음악가의 영혼이 느껴진다. 과연 인간의 예술은 자연의 작은 모방에 지나지 않는 게 아닐까.

소일하기

　도봉산으로 향하는 입구에 어르신들의 쉼터가 마련돼 있다. 삼삼오오 둘러앉아 장기판이나 바둑을 즐긴다. 당사자 두 명에 구경하는 어르신들이 빙 둘러 서 있다. 아마 게임이 끝날 때까지 그들은 자릴 뜨지 않고 지루한 시간을 보내고 싶으리라.

　특별한 소일거리가 없는 노년의 시간은 무슨 흥미를 찾아 헤맨다. 대부분의 보통 사람들은 그저 그런 시간을 흘려보내며 하루를 마감한다. 장수 시대라곤 하지만 남은 여생을 흐지부지 보내다가 지상에서 사라지는 게 아닐까. 약수터에서 건강해 뵈는 어르신이 큰 소리로 통화를 끝낸 후 한마디 한다. 친구들 세 명과 자전거 전국 일주를 떠나는데 고급 자전거를 구입하기로 합의했다고 한다. 죽기 전에 돈 쓰고 실컷 즐기며 가는 게 억울하지 않은 일이 된단다.

　굳이 생산적인 일은 아니더라도 내면의 깊이를 더하는 노후의 지혜로운 삶이 되기를 원한다. 늙음의 산봉우리에 올라 인생과 사물을 관조할 수 있는 시간이 아쉽다.

한 치 앞도 모른다

아침 뉴스 시간에 광주에서 5층 건물이 무너져 내려 버스 정류장을 덮쳐 54번 버스 승객 17명 중 9명이 죽고 8명이 중상을 입었다고 전해진다. 어느 승용차 한 대는 운 좋게 바로 앞에서 급정거를 하여 가까스로 화를 면했다고 한다. 재개발 철거 현장에서 순식간에 일어난 사고로 비극적 참사에 어이가 없다.

나도 어제 여느 때처럼 약수터를 찾았다가 어처구니없는 화상을 입고 고생 중이다. 운동을 마친 후 잠시 쉬면서 커피 한 잔 마시려고 배낭에서 보온병을 꺼냈다. 길가 바위에 걸터앉아 일회용 종이컵에 뜨거운 물을 따르고 다시 위쪽 돌멩이 위에 보온병을 올려놓았는데 균형이 안 잡혔는지 순간적으로 물이 쏟아져 내려 오른쪽 팔뚝에 흘러내렸다. 더운 날씨에 반 팔 티를 입은 탓에 뜨거운 물세례를 받고 금방 살갗이 벗겨져 내리고 후끈대기 시작했다. 얼른 약수터 물에 화기를 식힌 후 서둘러 동네 병원을 찾아 치료를 받은 탓에 위기는 넘겼다. 석 달 전에도 산행 중 발부리에 쇠못이 걸려 균형을 잃고 쓰러져 왼쪽 팔에 타박상을 입고 아직도 통증이 멈추지 않은 채 양 쪽 팔이 수난을 당한 셈이다.

코로나 백신을 맞기로 예약을 했는데 양팔이 이러하니 걱정이 된다. 주변에 백신 맞고 후유증에 시달리는 사람들을 보면 더욱 그렇다. 확률은 극히 낮은 편이라고 하지만 그 부작용이 내게 없으리란 보장도 없다. 무사히 지나가는 일상이 당연한 것 같지만 결코 그렇지 않다고 할까. 바로 앞에 닥칠 일, 어쩌면 한 치 앞도 알 수 없는 인간의 연약함이 안타까울 뿐이다.

신앙

기독교의 영혼 구원은 내가 무엇을 해야 하는 율법이 아니고 전적으로 하나님의 일방적 은혜와 긍휼이다.

내가 한 것은 아무 것도 없다. 나를 불쌍히 여겨 죄에서 구원하고 하나님의 자녀가 되게 한 십자가의 은혜이다.

의롭다 함을 받은 (칭의) 나는 행함으로 (성화) 이어져야 비로소 참된 신앙인이 될 수 있다.

단순함의 미학

유치원생이나 초등학생이 미술 시간에 그릴 법한 작품이 전시장에 가득하다. 그가 즐겨 그린 소재로 나무나 까치, 해와 달, 동산 위 초가집 같은 시골 풍경을 만난다.

순수하고 맑은 동심의 세계가 그대로 드러난 그림 앞에 미소를 짓게 한다. 장욱진 화백은 자신의 마음 속에 욕심이 들어 있을 때 붓을 놓고 자연의 새 소리와 바람 소리, 물 소리를 들으며 다 비워 낸다. 그가 입에 달고 산다는 단순함의 미학을 실 천한다.

그가 보여주는 한 폭의 정겨운 그림 앞에 선다. 황금 들녘으로 물든 논두렁길을 걸을 때 까치가 머리 위에서 나르고 강아지도 졸졸 뒤를 따른다. 고요한 들녘에서 완전 고독을 맛보며 자연과 하나 되는 행복감을 안겨 준다.

인간의 삶은 너무 복잡하다. 우리에게 자연이 주는 단순한 삶을 배우라 한다.

산다는 것

나와 같은 아파트에 사는 한 할머니가 엘리베이터 안에서 인사를 나누는 동안 한 마디를 내뱉는다.

– 이제 사는 게 지루해요, 매일이 똑 같은 날이고 그저 그래요,

시간을 보내려고 뜨개질도 해 보고 그림도 배우고 이런저런 취미활동 다 해 봐도 그저 시들해져요.

할머니는 몇 해 전에 남편이 먼저 하늘나라에 가고 자식들도 독립해 나가고 혼자 외롭게 지낸다.

일상은 계속되고 연못의 동심원처럼 같은 무늬를 이루다가 죽음이 오면 잠깐 특별한 무늬를 남기고 사라진다.

산다는 것은 하루하루 추억을 남기며 주어진 날을 소모하는 것이리라. 다만 무엇에 집중하며 살아가느냐가 중요할 뿐이다.

인생의 마무리

　서녘에 기우는 해를 바라볼 때마다 노을 빛이 아름답다. 그냥 꼴깍 지는 해가 아니라 동녘 하늘에서 시작된 하루 일과를 무사히 마치고 햇살을 거둘 때까지 한 편의 시를 남기듯 메시지를 전한다. 가을 날의 단풍도 고운 빛을 뽐는다.

　사람도 자신의 수명을 다하고 세상을 마감하는 순간에 어떤 모습으로 사라지느냐가 중요하다. 사회 지도층 인사들이 극단적 선택을 하는 충격적인 뉴스가 가끔 전해질 때마다 가슴이 멍해진다. 최근엔 종교계 최고 어른이 분신자살을 하는 모습도 그러하다.

　현대 외교의 살아 있는 전설로 불리는 미국의 헨리 키신저 (1923-2023)가 100세를 채우고 거인의 삶을 마감하는 뉴스도 전해졌다. 다 먹은 밥에 코를 빠뜨린다고 자기 관리에 최선을 다하여 남은 사람들에게 부끄럽지 않은 삶의 마무리를 생각해 보며 살아야 하겠다.

시간

태어나서 하루 해가 질 때까지 일상의 삶을 달려 온 나의 여정도 마침내 끝이 나리라. 지상의 유한한 존재들이 어떻게 명멸하든 말든 시간은 무심하다. 아침에 일어나 저녁 잠자리에 들 때까지 시간은 내 편이 아니다. 책상머리에 앉아 컴퓨터를 켜고 원고를 쓰거나 티.브이를 시청하다 보면 어느새 오전은 훌쩍 지나가 버린다. 책장을 펼치며 독서하고 신문을 읽는 시간도 후다닥 흘러간다. 아무 것도 하지 않고 누워서 빈둥빈둥 지내다 보면 비로소 시간은 멈추어 있는 듯하다.

하루 중에 내가 아끼는 시간만이 나의 카이로스 시간임을 깨닫는다. 커피 한 잔 마시기, 책 보는 시간, 산책하기. 이런 한가롭고 여유 있는 시간만이 나의 삶을 푸르게 한다.

사람이 무섭다

성경에 나오는 이야기 중 가장 끔찍한 장면이 있다. 아담과 하와의 아들 형제가 제사 문제로 형이 불만을 품는다. 결국 가인이 동생 아벨을 들녘에서 쳐 죽이는 것으로 인류 최초의 살인 사건이 저질러진다.

요즘 우리 사회에 일어난 여러 살인 사건들이 입을 다물 수 없게 한다. 한 사람이 성욕을 채우기 위해 14명을 죽인 화성 연쇄 살인이며, 전 남편을 토막 내어 죽인 제주도 고씨 여인 사건이며, 집에서 과외 수업을 하는 여성을 학생으로 가장해 찾아가서 흉기로 찔러 죽이고 시체를 가방에 담아 유기한 여자도 있었다. 지킬 박사와 하이드라는 소설에 인간의 양면성이 어떠한지 보여준다. 낮엔 점잖고 존경받는 박사가 저녁에는 악한으로 변하여 잔인한 짓을 서슴치 않는 모습으로 돌변한다.

선악이 공존하는 인간의 내면을 누가 알 수 있으랴. '마음을 다스리는 일이 성을 빼앗는 것보다 어렵다'라는 성경 말씀이 있다. 언제나 인간의 연약함은 죄를 지을 수밖에 없기에 우리는 오로지 내 마음을 다스릴 수 있는 힘을 달라고 기도할 뿐이다.

은퇴 이후의 삶

로시니(이탈리아, 1792-1868)는 37세에 오페라 작곡가로서 절정에 있을 때 은퇴를 선언하였다. 나머지 후반부 40년 동안 오로지 요리에 관심을 갖고 요리책을 펴는 등 전혀 다른 일을 했고 취미 생활을 즐기다가 생을 마감했다.

나도 53세에 직장생활을 은퇴하고 더이상 능력이 없어 돈벌이를 위한 생계를 멀리하고 백수 생활을 즐겼다. 그 동안 세계여행도 다닐 만큼 다니고 책도 다수 펴내고 문단활동도 왕성하게 한 셈이다.

태어나서 사는 동안 의식주 사슬에서 벗어나 단순하게 지내며 자유로운 삶을 찾아가는 게 인생에서 의미로운 일이 아닌가 싶다.

마약

공익 광고 협의회에서 나오는 멘트가 '마약 시작, 인생 끝입니다' 이었다. 우리나라가 마약 청정국이란 말은 이제 옛말이 됐다고 한다. 뉴스 시간에 유명 배우나 가수, 저명인사의 자녀들이 마약 복용으로 문제가 되고 있는 모습이 흔한 뉴스가 되고 말았다. 전혀 그럴 리가 없는 사람도 기대를 저버리고 마약 혐의에 걸려 든다.

돈에 눈이 어두운 사람들이 무차별적으로 마약을 퍼뜨린다. 심지어 순진한 학생들까지 예외가 아니다. 마약의 효능이 어떠한지 정확히 모르지만 환각상태에서 쾌감을 느끼게 하고 사람의 마음을 병들게 하는 것은 분명한 것 같다.

당사자들도 마약이 무섭다는 걸 잘 알지만 호기심이나 유혹에 빠져 파멸에 이르는 걸 보면 인간의 연약함은 누구라도 장담할 수 없는 것이 안타까울 뿐이다.

기다림의 미학

아파트 거실에서 키우는 화분 개수가 점점 늘어나더니만 30여개가 되었다. 커다란 고무 나무를 비롯한 나무 종류는 물론 허브 식물이나 국화, 다육이 등이 반려식물로 자리 잡았다. 이들은 한결같이 서두르지 않고 시간의 흐름 속에서 기다림으로 성장하고 꽃을 피운다.

사람의 일생도 태어나서부터 죽기까지 기다림의 연속이다. 인내심을 갖고 기다릴 때 비로소 보람도 얻게 된다. 아니다. 아무런 소득이 없다해도 기다림이 삶의 원동력이다.

신앙인으로 산다는 것은 결국 천국을 기다리는 여정이 아닐 수 없다.

살아내는 것

매일의 일상을 살아가는 게 삶일 것이다. 그런데 사는 것이 물 위에 나뭇잎 떠가듯 둥둥 흘러가는 게 아니다. 하루에도 무슨 일이 닥칠지 모르는 불확실성의 미래 앞에 놓여 징검다리를 건너듯 조심스레 걸어가야 한다. 오늘 해야 할 일이 계속 발생하고 그것을 잘 마무리해야 내일이 순조롭다. 유비무환임을 언제나 명심하고 내일의 삶을 꼼꼼히 준비해야 실수가 없고 당황하지 않게 된다.

죽음은 어김없이 다가오는 나의 현실이지만 불안감을 없애려면 하루하루를 잘 살아내야 한다. 결국 잘 사는 것이 잘 죽는 길임을 깨우친다.

전쟁과 평화

2023년을 보내면서 중동의 가자지구에 아직도 휴전이 안 된 채 비극이 계속되고 있으니 안타깝기 짝이 없다. 도시가 폭격에 맞아 폐허로 바뀌고 주민들은 삶의 터전을 잃은 채 의식주를 해결하지 못한다. 잠자리에서도 죽음의 공포에 떨어야 하는 그들이 처참한 상황이 아닐 수 없다. 유엔 구호품이 부족하여 약탈마저 일어나고 아이들은 엄마 품에서 배고프다고 울부짖는다. 팔레스타인의 사망자 수가 지금까지 2만 명이 넘어가고 이스라엘군은 하마스를 체포할 때까지 계속 공격을 멈추지 않겠다고 한다. 어찌 보면 빈대 잡자고 초가삼간을 태우는 격이다. 하마스도 이쯤 되면 국민의 참된 지도자로서 책임감을 느끼고 더 이상의 사망자를 막기 위해서 그만 항복하면 어떨까.

통일 신라의 마지막 임금인 56대 경순왕의 무덤이 경기도 연천군에 자리하고 있다. 그가 끝까지 기울어진 나라를 지키겠다고 고려 왕건에게 대항했더라면 얼마나 많은 백성들이 피를 흘려야 했을까. 마의태자의 눈물 어린 만류에도 용단을 내린 경순왕의 현명한 판단력이 새삼 소환되는 건 왜일까.

어떠한 경우에도 막대한 인명 피해를 불러오는 전쟁은 결사반대해야 한다. 오직 평화만이 최고의 선임을 세계 지도자들이 다시 한번 명심 했으면 좋겠다.

준법정신

주변에서 착한 사람을 일컬어 '법 없이도 사는 사람'이라고 한다. 모두가 그리 살아야 마땅할 텐데 현실은 그렇지 못한 듯하다. 별 의식 없이 법을 어기는 사람들이 경찰서나 법원에 들락거리고 나서야 법이 얼마나 무서운지 뒤늦게 깨닫게 된다.

도로에서 차를 운행할 때 교통법규를 잘 지켜야 나 자신은 물론 타인의 생명도 지킬 수 있다. 신호등이 있는 횡단보도에서 무조건 '일단 멈춤'을 해야 하는데 행인이 보이지 않으면 슬쩍 지나가 버리거나, 학교 앞에서 규정 속도를 지켜 반드시 서행해야 함에도 빨리 달리려 한다.

일상생활에서 스토킹 범죄나 보이스 피싱, 몰카 촬영, 노상 방뇨 등 조심하지 않으면 구치소 신세를 지게 된다. 가장 무서운 것은 호기심을 못 이겨 도박이나 마약을 가까이하는 일이다. 소중한 인생을 망치는 일임에도 우리는 자칫 방심한다.

인간이 사회생활을 하는 데 안전하고 행복한 삶을 유지하기 위하여 법망을 만든다. 만약에 이것이 없다면 무법천지로 바뀌고 마는 세상이 될 것이다. 사는 동안 징검다리를 건너듯 조심조심 건너가야 할 '법'의 테두리를 호랑이처럼 무서워 해야 하지 않을까.

새해

　다시 새해가 밝았다. 갑진년甲辰年은 푸른 용의 해로 또 다른 삶의 여정을 여는 무대가 펼쳐진다. 월화수목금토일. 다람쥐 쳇바퀴 돌 듯 다시 한 주일의 생활이 바쁘게 지나갈 것이다.

　새해 시작부터 일본 열도에서 강진이 발생해 사람들이 죽고 부상자가 속출하고 우리나라의 동해안도 해일 현상이 일어났다. 야당 대표가 부산 방문 중 괴한에게 테러를 당하여 하마터면 목숨을 잃을 뻔하고 아파트에서 여기저기 부주의로 화재가 일어나 입주자들이 사망하는 등 사건의 소용돌이 속에 우리의 마음을 불안케 한다. 작년에 이어 계속되는 지구촌의 전쟁 소식이 새해를 맞이하여 다시 평화를 되찾을 수 있을지 아직 미지수다. 북한 정권도 남한에 대해 적대 정책을 강화하고 무력통일을 하겠다고 으르렁댄다.

　하나님의 선물인 새해 열차를 타고 무사히 연말에 이르리라는 보장은 어디에도 없다. 일상의 주어진 삶을 살아내는 일은 나의 몫이고 이러한 발걸음을 인도하시는 하나님만을 오직 의지할 뿐이다.

설경

하얀 설경이 펼쳐진다. 겨울의 삭막함을 잊게 하는 순백의 세계이다. 일흔다섯 번 째 겨울을 맞이하는 동안 나의 지나간 인생 여정이 추억 속에 다시 묻히고 한 해의 끝자락에 선다. 눈길을 걸으며 다시 펼쳐진 새해라는 선물 같은 시간 앞에 감사한 마음 뿐이다.

이 세상에 기적처럼 나타나 여태까지 생명을 이어가며 인생의 나그네 길 위에 있다는 사실이 어찌 꿈 같은 일이 아니랴. 그냥 눈썰매를 타듯 미끄러져 내려온 삶이 아니라 굴곡진 삶의 비탈길을 용케도 살아 낸 것이 스스로 대견하게 여겨진다. 내가 머잖아 이 세상 무대에서 사라지면 나의 흔적은 그대로 눈에 덮히고 말 것이다. 화장장에서 한 줌의 연기로 공중에 흩어져 버리고 나의 이름 석 자만 가족이나 지인들의 기억 속에서 잠시 남아 있게 될 것이다.

그래도 괜찮다. 내가 겪어 본 인생은 결코 헛되지 않았다. 이 겨울의 설경처럼 아름다웠다.

자유의지

하나님은 사랑이시다. 인간에게 선악에 대한 자유의지를 주신 것은 자신의 뜻을 강요하지 않는다는 걸 의미한다. 하나님은 분명히 우리가 생명의 길인 선을 행하기 원하고 죽음의 길인 악을 선택하지 않도록 분명히 바라신다. 그러나 스스로 선택의 길을 열어 주고 자유의지를 허락하되 책임은 당사자의 몫이다.

사도 바울은 스스로 한탄하기를 선을 행하기 원하는 나에게 악이 함께 있다고 했다. 이러한 인간의 실존을 아시기에 하나님은 외아들인 예수 그리스도를 우리에게 보내 주셨다.

하나님께서 인간의 의지에 선천적 자유를 부여해 주셨기 때문에 그 의지는 선이나 악을 행하도록 강요당하거나, 또는 절대적인 필연에 의하여 결정되지 않는다.

(웨스트민스터 신앙고백 9장 1절)

경제 관념

보통 사람은 누구나 일부러 가난하게 살고 싶지 않을 것이다. 재물에 대한 욕심은 대단한 힘으로 사람의 마음을 사로잡는다. 물욕은 지탄받아야 할 것으로 치부되지만 현실은 만만치 않다. 가난 때문에 빚어지는 비극은 자본주의 사회에서 가장 어두운 그늘이 아닐 수 없다.

항상 반복되는 익숙한 풍경이지만 투자에 실패한 사람들이 길거리에 나선 채 아우성이다. 당초 약속한 수익률은커녕 원금 자체가 반 토막이 났다고 은행과 당국의 책임 추궁을 요구한다. 주식이나 가상자산에 투자한 고객들도 평생 모은 돈인데 원금 손실을 감수할 수 없다고 목소리를 높인다. 고수익은 고위험이 따른다는 걸 명심했더라면 신중한 결정을 했을 텐데 은행이나 증권사에서 판매 실적에 치중하여 고객 보호에 소홀한 면이 느껴진다.

그냥 머리 굴리지 않고 미련한 곰처럼 수익률은 형편 없지만 안전성을 중요시한다는 나의 지론인 탓에 나는 은행 예금을 고집한다. 그것이 장기적으로 볼 때 원금 손실에서 벗어나는 길이기에 마음을 편하게 해 준다. 송충이는 솔잎을 먹고 자란다는 생각으로 살고 있다.

사랑에 대하여

비너스 여신은 해변에 밀려온 물거품 속에서 태어났다. 그리스 신화의 상징처럼 아름다움이란 짧게 지속되는 것임을 말해 주는 걸까. 덧없이 사라지는 속성이 있기 때문에 그토록 아름다움으로 빛나는 것일지 모르겠다.

꽃도 조화처럼 시들 줄 모르고 오래오래 피어 있으면 싫증이 난다. 봄날의 화려한 벚꽃이 어느새 바람결에 눈송이처럼 휘날리는 걸 보면 아쉬움이 있지만 얼마나 아름다운 모습을 연출하던가.

젊은 날의 뜨거운 사랑이 오래 계속되지 못하고 불행한 막을 내린다 해도 아름다운 사랑은 가슴에 남는다. 백년해로하는 부부가 아니더라도 비록 짧게 살았지만 더 아름다울 수 있는 건 남녀간의 사랑은 결코 양이 아니라 질이 문제인 듯하다.

분노

    사람의 여러 감정 중에서 분노는 가장 다루기 힘든 부분일 것이다. 자칫 분노에 빠지면 돌이킬 수 없는 일이 일어나곤 한다. 사회를 떠들썩하게 하는 사건을 보면 분노의 노예가 된 사람이 저지르는 경우가 많다. 이성을 잃고 살인까지 서슴치 않는 최악의 행동까지 발전한다. 지구의 화산이 마그마를 키우다가 더이상 감당하지 못할 지경에 이르면 무서운 폭발로 이어지듯 사람의 내면속에 자리 잡은 분노의 찌꺼기는 계속 쌓이게 된다. 이러한 감정을 미연에 방지하도록 자제력을 키우는 노력을 기울여야 한다.

    용서와 사랑의 마음을 키워내야 한다. 상대방의 비웃음이나 나쁜 시선, 비난을 개의치 않도록 자신을 지켜내야 한다. 상대방에게 내가 휘둘리지 않도록 마음의 방파제를 굳게 쌓고 평정심을 유지해야 한다. 무엇보다 웬만하면 그냥 지나쳐 버리는 둔감력을 키워 스트레스를 받지 않을 일이다.

일과 삶

갯벌에서 평생 해초 작업을 하던 80대 어민이 주름진 얼굴과 갈퀴 같은 손을 내밀며 왜 그리 쉬지 않고 일을 하시느냐고 묻자 그의 대답은 주저함이 없다.

– 사람은 죽어야 쉰다. 일하기 위해 태어났다.

망망대해에서 그물을 치고 뱃일하는 어부들이나 쉴 새 없이 돌아가는 공장에서 작업하는 인부들이나 녹록치 않은 삶을 살아낸다. 극한직업을 가진 사람들은 생계에 묶여 일을 그만두고 싶어도 현실은 그렇지 못하다. 스트레스 받으며 고된 일에 죽도록 매달려 하루하루를 보낸다.

은퇴후의 삶도 죽을 때까지 제 이의 삶을 찾아 무언가 취미활동이든 다른 직업을 찾는다. 사람은 무료함을 견디지 못하고 바쁘게 지내고 싶어 한다. 자신이 좋아하는 일을 열심히 할 수 있는 사람은 행복하다. 92세 된 이길여 가천대 설립자는 내 건강의 기준은 지금 내가 하고 싶은 일을 할 수 있느냐의 여부라고 했다.

결국 일과 쉼의 조화가 멋진 삶을 가져다주는 게 아닐까.

바다와 인간

　육지에 사는 사람들은 비교적 안전한 일터에서 식량을 얻는다. 그러나 바다를 터전으로 사는 어부들은 항상 파도와 싸우며 위험을 무릅쓰고 일한다. 언제 폭풍우를 만나 배가 뒤집히거나 사고를 당해 실종되는 신세가 될지 예측할 수 없다. 그러한 두려움과 불안에도 바다가 아니면 살아갈 수 없는 환경에 적응할 뿐이다.

　큰 배가 아니고 영세 어부들은 겨우 작은 어선을 타고 망망대해까지 나가 조업을 해야 한다. 어획량이 많든 적든 그들은 바다가 내주는 만큼 욕심내지 않고 무사히 하루하루 살아감에 감사한 마음뿐이다. 밥상에 오르는 생선 한 토막이 어부들의 목숨값이라 여기면 얼마나 고마워해야 할 일인지 모른다.

　멀리서 바라보는 푸른 바다는 그토록 아름답지만 생계를 이어가는 어부에겐 바다는 무섭고 치열한 삶의 현장이 아닐 수 없다.

하루

    지구의 자전과 공전으로 시간은 하루를 만들어 내고 일년 사계를 있게 한다. 이런 과학적 진실 가운데 시간의 강은 잠시도 발길을 멈추지 않는다. 시간은 세상 만물과 인간의 삶이 어찌 되든 전혀 관여하는 일 없이 앞을 향해 달려갈 뿐이다. 잠시도 뒤돌아보지 않고 강물처럼 흘러가는 하루를 살아 내는 일이 주어진 과제다.

    오늘도 선물로 주어진 하루에 감사하며 충분히 잘 살아 내는 일이 나의 소중한 삶에 대한 예의이다.

때를 안다는 것

성경에 '범사에 기한이 있고 천하만사가 다 때가 있다' 라고 적혀 있다. 긴 겨울이 지나 다시 따스한 봄철이 오는 것처럼 사계가 바뀌는 것도 때를 기다림이다. 봄꽃이 눈부시게 다투어 피어날 때가 있고 다시 덧없이 지고 말 때가 온다.

한 해 한 해가 갈수록 사는 햇수가 줄어들고 마지막 날이 가까이 다가옴을 실감한다. 한 치의 오차도 없이 정든 이 세상을 이별해야 할 날이 다가온다. 낮이 지나면 밤이 오는 때를 알 듯 당황하지 않고 차분하게 죽음을 맞이할 준비를 하고 싶다. 몸이 아파도 더이상 병원 신세를 지지 않고 병마에 나를 실어 보낼 수 있는 여유를 지니고 싶다. 그러한 마음의 준비를 갖추고 있을 때 나의 바람직한 삶의 완성을 이루는 게 아닐까.

곤충

　사자나 표범 같은 맹수는 동물의 세계에서 절대 강자로 군림한다. 그들 앞에 감히 누가 대들까 싶은데 파리나 모기들이 용감하게 그들의 눈 언저리나 콧잔등에 앉아 영양분을 빨아 먹고자 달려든다. 모처럼 낮잠을 자고자 눕기만 하면 곤충들이 어찌나 귀찮게 굴던지 그들은 꼬리를 연신 흔들어대거나 고개를 휘젓게 만든다. 거구를 자랑하는 코끼리도 곤충을 예방하기 위하여 온몸에 진흙을 끼얹는 목욕을 즐긴다.

　지난 3년 동안 코로나19라는 감염병에 인간이 고초를 겪은 것도 눈에 보이지도 않는 바이러스 때문이었다. 생태계에서 제일 약자로 보이는 작은 곤충들이 힘센 동물들을 병으로 무너뜨리는 걸 보면 우리가 겸손하지 않으면 안 되는 창조주의 섭리를 깨닫게 한다.

앞것, 뒷것

긴 밤 지새우고 풀잎마다 맺힌 진주보다 더 고운 아침 이슬처럼
내 맘에 설움이 알알이 맺힐 때 아침 동산에 올라 작은 미소를 배운다
(아침 이슬 가사 중에서)

이 노래는 통기타 가수인 양희은의 영롱한 목소리로 기억되지만 작사
및 작곡자는 김민기(1951년-)이다. 독재 정권에 항거하며 민주화 시위 때
마다 불렀던 가슴 뭉클한 운동 가요의 대표격이다. 그는 '지하철 1호선'
이라는 뮤지컬 공연의 연출자로서 대성공을 거두기도 했다. 그러한 천재
적 재능에도 그는 자신을 드러내려 하지 않고 항상 앞것이 아닌 뒷 것으
로 자처했다. 수줍은 미소와 함께 대중 앞에 나서기보다 뒤에서 조용히
지내기를 좋아하는 겸손한 인격을 지녔다.

누구나 자신의 작은 공로라도 내세우고 남 앞에 나서기를 좋아하는
데 김민기는 그렇지 않은 걸 보면 참으로 순수한 분으로 여겨진다. 나도
70 평생 살아오는 동안 언제나 앞것이 되고 싶어 안달하지 않았던가. 이
제 뒷것으로 살아가는 의미를 깨닫고 더욱 겸손해지고 싶다.

죽음

죽음은 확실한 우리의 미래다. 아무리 외면한다 해도 어김없이 맞닥뜨려야 할 우리의 현실이다. 기차를 타고 여행할 때 목적지에 도착하면 승강장에 내려야 하듯 삶의 여정은 종점을 향해 한 치의 오차도 없이 나아간다.

일상에서 안전사고나 교통사고를 당해 어이없는 죽음을 맞이하지 않도록 징검다리를 건너듯 조심조심 살아야 한다. 그러나 예측할 수 없는 마지막이 기다리는 경우도 있다. 며칠 전 뉴스에 따르면 이른 아침 녘 50대 여인이 마트에 알바를 나가는 중에 인도를 향해 부지런히 걸어가고 있었다. 그런데 차량 한 대가 느닷없이 고장을 일으켰는지 인도로 돌진하여 여인을 덮쳐 그 자리에서 즉사하게 만들었다. 본인은 평소와 다름없는 일상을 살아가는 가운데 어찌 이런 사고를 당할 줄 짐작이나 했으랴. 너무나 억울한 죽음이 아닐 수 없다.

생사화복을 주관하시는 하나님의 섭리란 말도 결코 그녀에게 위로가 될 수 없는듯하다.

극한직업

　남대문 시장의 상인들은 꼭두새벽부터 밤늦게까지 쉴새없이 바쁘게 움직인다. 옷가게를 비롯한 그릇 가게, 꽃 가게 등 우리나라의 모든 물품들이 거래된다. 골목길 음식점이나 커피점도 상인들의 활동 시간에 맞추어 정신없이 돌아 간다. 서울의 대표적 랜드마크인 롯데 타워 빌딩(123층)의 조명등이나 555M를 오르내리는 엘리베이터를 수리하는 전문 시설관리 작업자들은 아찔한 고공에서 목숨을 거는 위험 속에 살아간다.

　먹고 사는 일이 만만치 않은 삶의 여정을 걸어 나가는 사람들의 하루는 놀랍기만 하다. 세상에 태어나서 의식주 해결하며 살아가야 하는 보통 사람들의 삶은 어떠한 극한직업도 마다하지 않는다. 직업에 귀천이 없다 하지만 안전하고 좋은 직장에서 일하는 사람과 그렇지 못한 사람의 하루하루는 너무나 차이가 심한 듯하다.

　다시 한번 내게 알맞은 직장을 만나 한 세상 건너온 것이 커다란 행운인 듯싶다.

여유 있는 삶

오래 전에 '모모'라는 소설에서 읽은 내용이 생각난다. 회색 신사들이 사람들로 하여금 일에 쫓기는 삶을 재촉하면 할수록 절약된 시간을 자신의 가방에 훔쳐 오는 것이다. 곧 사람들이 자기 일에 바쁘면 바쁠수록 그들은 시간 부자가 된다. 무엇을 위해 우리는 그토록 바쁘게 살며 마음의 여유를 잃고 있는지 모른다.

여유 있는 삶의 조건 중 하나는 물질로부터의 자유일 것이다. 경제적 여유가 없으면 취미 생활이나 가고 싶은 여행도 쉽지 않다. 다른 하나는 시간으로부터의 자유일 수 있다. 하루 중이나 연이은 날에 모임 약속이 여럿 있게 되면 정신없이 바쁘게 움직여야 한다. 가능하면 약속을 한 개로 줄이거나 아예 벗어날 수 있다면 더욱 좋을 것이다. 마지막 다른 하나는 건강으로부터의 자유이다. 병들어 침대에 누워 지낸다면 모든 게 끝이 난다. 건강 제일주의를 통해 신체적 자유를 확보하지 않으면 삶의 질은 여지없이 떨어지고 만다.

삶의 여유는 부단한 노력으로 얻어지는 것이지 거저 주어질 수 없다. 단순하게 살고자 하는 마음과 철저한 자기관리가 우선이다.

병영생활

지나온 내 삶의 발자취를 돌이켜 보면 다시 돌아가고 싶지 않은 시절이 바로 3년에 걸친 군 생활이 아닐까 싶다. 왜소한 나의 체격에 내성적인 성격의 20대 청춘이 병영이라는 조직에 갇혀 하루하루를 보내는 일이 참으로 고역이었다.

신병훈련을 받아야 하는 논산 훈련소에서 소총에 대검을 착용하여 '찔러 총' 자세를 잘못 취하여 입술이 상한 경험을 하고 나니 앞으로의 군 생활이 겁이 나고 탈영하고 싶은 생각도 났다. 가장 기억하기조차 싫은 훈련은 일 년에 한 번씩 받아야 하는 일주일간의 유격훈련이었다. P.T 체조라는 신체 훈련도 정신훈련을 통한 사고예방이란 측면도 있겠지만 잔인했다. 빨간 모자를 쓴 조교들이 엎드려 팔굽혀 펴기를 할 때 자세가 불량이면 돌아다니면서 발로 사정없이 걷어찼다. 나도 뭐가 어설펐는지 조교의 군화 발이 내 뺨을 짓누르고 있었다. 유격 코스를 진행할 때 가장 겁이 나는 훈련 중에 도르래를 혼자 타고 계곡 이쪽에서 저쪽으로 건너가는 것이었다.

최근 뉴스 중에 어느 훈련병이 입대 10일 만에 군기 훈련을 받다가 쓰러져 그만 사망했다는 안타까운 소식이었다. 말이 군기 훈련이지 간부 눈에 잘못 보여 호된 기압의 결과인 듯 했다. 어떤 형태의 고문 같은 기압도 병영에선 훈련이라는 미명에 가려진다.

지금 생각하면 내가 어떻게 그런 군대 생활을 무사히 마치고 제대증을 받았는지 꿈만 같다. 나도 아깝게 죽은 훈련병 신세가 되지 말란 법이 없다. 비인간적인 조직 생활이 원망스럽기만 하다.

나, 대한민국

한반도의 허리가 두 동강이 나고 남쪽 땅에 대한민국이 태어났다. 그리고 나의 삶도 1948년 3월1일에 이 나라와 함께 시작됐다. 금년(2024년)으로 내 나이가 76세가 되는 시점에서 참으로 굴곡 많은 현대사와 함께 흘러왔다.

나의 생애 동안 6.25전쟁이 터졌고 4.19혁명이 일어났고 5.16쿠테타가 일어났다. 초대 대통령 이승만부터 현재의 윤석열 대통령에 이르기까지 여러 명의 정치 지도자를 거쳤다.

요즘 '건국전쟁'이란 다큐 영화를 보면서 건국의 아버지격인 이승만 대통령의 재평가가 이루어지는 듯하다. 자유 민주 공화국의 헌법 아래 온갖 역경 속에서 남한만의 단독 정부를 수립한 1948년 8월15일이 있었기에 세계가 부러워하는 대한민국의 눈부신 발전과 번영을 이루어냈다. 오 천년 역사상 민초들이 가장 행복하게 잘 사는 나라, 최고의 시대를 우리가 누리고 있다.

오늘은 현충일이다. 전쟁터에서 죽어 간 수많은 무명용사들을 비롯해 독립운동에 목숨 바친 순국선열들에게 감사의 묵념을 올린다. 나라와 민족을 위해 희생봉사한 거룩한 분들의 은혜에 감사한 마음을 언제나 잊지 않고 하나님이 보우하사 대한민국이 지구촌의 더욱 멋진 나라가 되길 기도한다.

자족 自足

자족하는 삶은 쉽지 않다. 사람은 본능적으로 욕심에 사로잡히기 때문에 돈이나 명예, 다른 육욕 앞에 무너지고 만다. 마음을 비우기보다 더 채우려는 유혹을 버리지 못한다. 인문학에선 수양을 통해 자신의 마음을 다스리고 마음을 비울 것을 가르친다. 그러나 인간적 방법으로 아무리 노력한다고 해도 오래 가지 못하고 다시 원점으로 돌아오기 마련이다.

기독교 신앙의 측면에서 사도 바울은 '내게 능력 주시는 자 안에서 내가 모든 것을 할 수 있다(빌립보서 4장 13절)' 라고 했다. 나의 연약함을 하나님께 맡기고 오히려 그것에 감사하며 자족할 수 있어야 한다. '항상 기뻐하라. 쉬지 말고 기도하라. 범사에 감사하라(데살로니가 전서 5장 16절에서 18절)' 이 말씀도 나의 힘으로 행하기 불가능하다. 오로지 예수님이 내 안에 계실 때 자족이 이루어진다. 내가 처한 상황(환경)이 바뀌지 않고 그대로지만 불평불만하지 않고 감사할 수 있는 마음이 자족하는 삶의 비결이라고 깨우쳐 준다. 내게 영생을 주신 예수님 한 분으로만 만족할 수 있는 믿음이 얼마나 차원 높은 경지이랴.

여전히 갈등 속에서 오락가락하는 마음을 지닌 채 자족의 삶을 누리지 못하는 연약한 존재가 나의 실존일 뿐이다.

종교와 삶

스리랑카에 있는 '스리파다'는 산꼭대기에 세워진 불교 사원이다. 수천 개나 되는 경사진 계단을 한발한발 순례객들은 올라가야 한다. 중간 지점에 이르면 신도들은 하얀 실타래를 풀며 꼭대기로 오른다. 얼마나 많은 이들이 부처님을 향한 열망으로 실이 몇 겹씩 한데 뭉쳐 마치 거미가 집을 짓기 위해 한없이 풀어 놓는 기미줄처럼 얽힌다.

어떤 신도는 이곳에 14번씩 오르내렸다 하며 흐뭇해한다. 해가 지고 밤이 와도 성지순례의 발길은 계속된다. 이렇게 육체의 고행을 통해 부처님께 나아가 소원을 비는 그들의 표정은 한결같이 행복해 보인다. 종교가 곧 삶인 그들의 신앙심이 황금만능주의에 물든 우리 사회를 돌아보게 한다.

괴벨스

    2차 세계대전을 일으키고 지구촌에 불행을 가져온 인물, 독일의 히틀러 뒤에 괴벨스(1897-1945)라는 악마가 존재했다. 히틀러 총통을 통해 출세가도를 달리고 자신의 부귀영화를 누리고자 심복이 되어 천재성을 발휘한 그는 선전부 장관으로 근무했다.

    유대인을 혐오하도록 다윗의 별을 가슴에 달게 하고 그들의 거주지를 제한하고 가게 이용도 시간 제한을 두었다. 군인과 경찰, 나치당 당원의 제복도 눈에 띄게 패션 감각을 살려 제작했다. 무엇보다 인종 청소라는 명목으로 아우슈비츠 수용소를 만들어 600만 유대민족을 학살케 한 일등 공신이었다. 유명 화가들의 미술품을 퇴폐 그림으로 낙인찍어 버렸고 히틀러 정권을 비판하는 저서를 불온서적으로 모두 불태워 버렸다. 전 국민에게 라디오를 보급하여 일정 시간에 히틀러의 연설을 듣게 하여 그를 신으로 여기도록 세뇌작용을 했다. 언론은 정부의 손안에 있는 피아노이다. 정부가 연주해야 한다면서 언론 매체를 장악했다.

    명석한 두뇌를 나쁜 쪽으로 돌려 천재성을 발휘한 괴벨스는 지금 우리 사회에도 존재한다. 국민들은 정치에 무관심 하려 들지만 어떤 지도자가 괴물처럼 나타날지 경계해야 한다. 자유 민주주의를 위협하는 북한 정권이나 러시아, 중국도 똑같은 현상이 벌어지고 있음을 세계인이 지켜본다. 가끔 방심하는 동안 제2, 제3의 괴벨스 같은 인물이 출현하게 되면 속수무책이 아닐 수 없다.

청춘

어느 시인의 시에 볕 좋은 날에 시골 마당에서 농작물을 말리고 있던 어머니가 한 마디 하시더란다.

'놀고 있는 햇볕이 아까워라' 그러면서 마당 귀퉁이까지 고추나 깨를 널어 놓으셨다고 한다.

인생의 황금기라 할 수 있는 청춘 시절도 그러하지 않나 싶다. 이때에 의식주의 기반을 쌓고 결혼하여 처자식을 부양해야 하는 소중한 기간이 아닐 수 없다. 무엇보다 결혼하여 가정을 이루든 그렇지 않든 '사랑' 의 에너지가 왕성한 시기를 놓치면 안 된다. 이성에 대한 짝사랑의 아픔도 좋다. 실연을 당하여 마음이 쪼개질 듯 괴로워도 좋다. 달콤한 사랑에 취하여 행복할 수 있다면 더욱 좋으리라. 그러나 청춘이라는 역을 아무런 기억도 남기지 아니하고 무사통과해 버린다면 얼마나 아까운 인생이 아니랴. 주변에 노총각이나 노처녀들이 너무나 많은 듯하다. 고스란히 아까운 청춘을 보내고 있는 듯하여 안타깝다. 나의 중학 시절 미모였던 여교사는 이성에 무관심한 채 지내다가 이제 흰 머리 할머니가 되어 쓸쓸한 노년을 요양원에서 보내고 계신다.

농촌에서 소중한 곡식을 말릴 수있는 기회는 오직 볕 좋은 날 뿐이다. 인생의 청춘시절도 잠깐 지나가 버린다. 땅을 치고 후회한들 아무 소용이 없다.

감옥살이

열대야가 계속 되는 여름 밤은 누구에게나 고통스럽다. 대부분의 서민들은 전기요금 무서워 에어콘도 못 켜고 지내며 엎치락뒤치락 불면의 밤과 싸우기 마련이다. 이러한 때 신문 기사에 나온 우리나라 교도소의 현황을 보게 되었다. 정원이 140% 넘는 과밀 수용이 많고 30년 이상된 구금시설이 전국에 28곳이란다. 어떤 노인은 젊은 재소자에게 몸에서 냄새가 난다고 따귀를 얻어맞았다고 한다. 그들은 열대야의 고통 속에 똑바로 눕지도 못한 채 밀착된 감방에서 서로 발 냄새를 맡으며 잘 수 밖에 없다. 겨울엔 사람 몸이 닿아도 체온이 보온 효과를 주어 괜찮은데, 여름엔 37도 가량의 옆 사람이 더위와 짜증을 가져오기에 가장 두려운 여름밤이라고 한다.

신영복 교수(1941-2016)는 그의 저서 '감옥으로부터의 사색'을 통해 20년 징역살이의 체험을 독자들에게 보여 주었다. 그의 표현대로 '오늘은 다만 내일을 기다리는 날'이라고 한 것처럼 하루이틀도 아니고 강산이 두 번이나 변할 정도의 감옥살이를 견뎌낼 때 얼마나 고통스러웠으랴. 다산은 18년 유배 생활이었지만 높은 벽으로 둘러 싸인 공간은 아니었다.

자연은 무심하다

시원한 나무 그늘 밑에 앉아 매미 소리를 듣는다. 옆에서 반주를 하는 계곡의 물소리도 듣는다. 눈을 들면 멀리 도봉산 봉우리가 억만년 세월에도 끄떡없다는 듯 으젓한 자세에 감탄한다.

가까운 곳에 앉아 있는 어느 부부가 핸드폰이 고장 났는지 만지작거리며 시간을 보낸다. 주변의 자연환경이 무슨 말을 걸어도 관심이 없다. 그냥 앉아서 쉬는 것으로 만족하는 것 같다. 젊은 여자 한 분은 애완견을 데리고 산책하는 것으로 시간을 보낸다.

자연은 언제나 무심하다. 인간이 그들과 함께 대화를 나누든 모른 체하든 그냥 거기 존재할 따름이다. 매미는 내게 더욱 목청을 돋구어 울어대고 맑은 하늘에 흰 구름은 뭉게뭉게 피어난다.

구름 예찬

산책하는 동안 하늘을 의식적으로 바라본다. 온통 구름에 덮여 있는 하늘은 답답하지만 먹구름 사이로 언뜻언뜻 보이는 파란 하늘이 반갑게 여겨진다. 나이가 들수록 하늘을 많이 바라보고 구름이 빚어 가는 변화무쌍한 하늘을 감상하고 싶다. 장마철이나 겨울의 잿빛 하늘이 아니고 여름과 가을의 하늘 캔버스는 구름 화가가 마법사처럼 멋진 조화를 이룬다. 그러나 인생의 덧없음을 알라는 듯 가볍게 떠도는 흰 구름이 어느새 산등성이 너머로 사라졌다.

영국의 개빈 프레터피니(56세)란 분이 2005년에 구름 감상 협회를 만들어 회원들이 120여 개국에 5만 3천 명쯤 된다고 한다. 그의 한 마디가 내 마음을 표현하는 듯하다.

모든 구름은 곧 사라진다. 그래서 더 아름답다. 미움받는 존재인 먹구름도 사실 비를 내리게 하는 중요한 역할이 있다. 덧없지만 각자의 역할이 있다는 점에서 우리의 삶과도 닮았다.

핸드폰 문화

　동네 공원 쉼터에서 친구인 듯한 아줌마 두 명이 마주 앉아 있지만 각자 핸드폰을 손에 쥐고 누군가와 통화에 열중이다. 그들의 통화가 잠시 끝나지 않고 꽤 오래동안 계속된다. 가까이 앉아 있는 내가 자릴 뜰 때까지 그들은 여전히 핸드폰을 내려놓지 않는다. 모처럼 친구와 만나 정담을 나누고자 약속하고 이곳에 왔을텐데 목적은 어디로 가고 전화에만 빠져 있다.

　21세기의 인류는 물고기가 물을 떠나 살 수 없듯이 개인 휴대전화는 이제 필수품이 되었다. 우리에게 보물단지이고 요술 단지처럼 달라붙어 있다. 어떤 이는 거의 눈만 뜨면 잠들 때까지 핸드폰에 끌려다닌다. 어쩌면 마약에 중독된 듯한 현상과 비슷하다. 통신 연결이 소외감을 덜어 주고 외로움을 벗어나게 하는 긍정적인 면이 없다고 할 수는 없다 그러나 사람과 사람 사이의 대면을 통해 인정이 흐르는 세상이 그립다.

　스스로 절제하지 못하고 무엇이 중요한지 모르고 귀중한 시간 낭비하는 삶은 경계할 일이다.

닥터 지바고

명화는 시간을 초월해 언제 봐도 감동이 아닐 수 없다. 황량한 시베리아 겨울 풍경이 펼쳐지고 눈부신 설원 위를 달려가는 마차가 가뭇없이 하나의 점으로 사라진다. 늑대 울음처럼 사납게 휘몰아치는 북풍한설이 멎으면 정적이 감도는 설원이다. 유리창에 하얗게 낀 성에를 손으로 긁어대며 사랑하는 여인을 실은 마차의 뒷모습을 애타게 바라보는 닥터 지바고의 심정이 슬프고도 안타깝다.

현모양처인 아내(토냐)와 두 아이를 둔 가장이 다른 여인(라라)과 사랑에 빠져 불륜를 저지르는 행위에도 관람객들은 개의치 않는다. 현실에서 이런 일이 벌어지면 용서 못 할 비난의 대상이지만 오히려 아름답게 느껴지는 예술의 영역이다. 특히 문학이나 영화, 연극 등에서 남녀의 아름다운 사랑은 빼놓을 수 없는 영원한 테마로 자리잡았다. 도덕이나 윤리, 사회규범을 벗어났다고 해서 외면당하고 평가절하 되지 않는다. 예술이 추구하는 건 오로지 '미' 에 있다.

작가가 상상력을 통해 현실에선 도저히 이룰 수 없는 사랑도 가능케 하는 카타르시스적 역할 때문에 예술은 그 생명력을 유지할 수 있다.

금연, 금주

우리는 누구나 건강제일 주의를 지향한다. 몸에 좋다는 영양제 복용은 물론이고 꾸준한 운동으로 신체를 단련한다. 신문 기사를 보니 여러 발암물질 가운데도 술과 담배는 가장 나쁜 평가를 받는 항목이다. 무엇보다 술은 약주랍시고 조금만 마셔도 몸에 해로운 것으로 나타난다. 길거리를 가다 보면 빌딩 한구석의 흡연장소에 회사원들이 삼삼오오 모여들어 매연 같은 담배 연기를 피워 올린다. 그들 중에 여자들도 많이 눈에 띤다. 그들은 회사 업무에 얼마나 많은 스트레스를 받고 있는지 모른다. 조직생활이란 결코 쉽지 않은 탓이다.

나는 젊은 날에 담배는 아예 피울 생각을 안 했지만 술은 적당히만 마시면 괜찮다는 너그러운 마음이었다. 이제 노년에 이르러 식사하며 반주 한잔 곁들이는 것은 나의 피해 가기 어려운 낭만이 되었다.

우리의 건강을 살펴보면 신체적 건강과 심리적 건강의 양면성을 갖는다. 술, 담배가 분명히 신체 건강에 해로운 면도 있겠지만 정신의 긴장을 풀어 주고 마음의 여유를 가져다주는 면을 무시할 수 없다. 스스로 절제의 미덕만 갖출 수 있다면 절대적 금연, 금주는 동의할 수 없다고 할까. 인간이란 그리 단순한 존재가 아님을 인정해야 한다.

자연 별장

경치 좋은 곳에 별장을 소유하고 사는 사람들이 얼마나 좋을까하고 부러울 때가 있다. 경제적 여유를 가진 부유층이 지닌 별장이 아니고 자연인으로 산속에 들어가 멋지게 살아가는 사람들의 이야기도 티.브이에 자주 소개된다. 그들은 대부분 사회에서 사업에 실패했거나 암 같은 중병에 걸려 투병 중이거나 딱한 사연을 가진 사람들이었다.

가을비가 촉촉히 내리는 가운데 혼자서 우산을 쓰고 구리 한강공원 둘레길을 터벅터벅 걸었다. 한강을 벗 삼아 한참을 걷다 보니 시장기와 피곤함을 느껴 공원 안을 살펴보았다. 수국꽃이 비에 젖어 소담스레 피어 있고 소나무 숲 조경이 멋진 곳에 시골 원두막처럼 지어진 쉼터가 보였다. 자리를 잡고 앉아 비를 피하며 커피 한 잔을 마시니 이곳이 최고의 별장처럼 느껴진다. 인적도 없고 고요한 가운데 앞산에 뿌리는 빗줄기를 바라보며 힐링의 시간을 가졌다.

아무리 멋진 곳에 별장을 지녔다한들 스스로 누리지 못한다면 무슨 소용이랴. 아무 데서나 자연이 선물하는 경치를 찾아 공짜로 쉼을 누리는 일이야말로 진정한 나의 별장일 것이다.

올바른 삶을 위한 나의 키워드

1. 유비무환有備無患
일상생활에서 실수하지 않기 위해 항상 준비가 필요하듯 마지막 죽음을 위한 준비도 소홀히 해선 안 된다

2. 균형 있는 삶
인간은 영과 육의 결합체이다. 신체적 건강과 함께 마음의 곳간도 채워 넣는데 게을리해선 안된다.

3. 둔감력
남의 시선이나 비판에 예민하게 반응하지 말고 툭툭 털어 버리고 앞을 향해 나아가도록 한다. 둔감력은 마음의 울타리 역할을 한다.

4. 확인하기
언제나 확인하는 습관을 가져야 한다. 설마하다고 낭패를 당할 수 있다. 사소한 실수가 나의 삶을 곤경에 빠뜨린다.

5. 끝날 때까지 끝난 것이 아니다.
마지막 종점에 이를 때까지 긴장을 늦추지 말고 자신을 경계해야 한다. 자만심은 금물이다.

6. 경천애인 敬天愛人

신앙은 내가 목적지를 잃지 않게 하는 인생 내비게이션이다. 이 땅이 삶의 전부가 아니고 영원한 하늘나라가 있다는 사실을 명심하라.

7. 천천히, 그러나 꾸준히

운동이든 글쓰는 일이든 독서하는 일이든 단시간에 성과를 낼 수 없다. 산을 오르듯 한 발 한 발 꾸준히 오르는 자가 되라.

8. 감사

믿는 자와 믿지 않는 자의 가장 큰 차이는 하나님 은혜에 감사 여부이다. 범사에 감사하라는 말처럼 모든 일에 당연하게 생각지 말고 항상 감사하는 마음을 가져야 한다. 그러면 더욱 나 자신을 낮출 수 있고 불평불만에서 벗어날 수 있다.

9. 기대치를 낮춘다

내가 상대하는 이들에 대해 기대치를 높게 가지면 실망한다. 아내도 자식도 친구도 결코 내 맘에 흡족할 수 없을 것이다. 그럴 바엔 이만큼이라도 기대치를 만족시켜 줌에 감사하고 마음의 평온함을 누리라.

10. 생활은 단순하게, 생각은 높게

쓸데없는 일에 에너지를 낭비하지 말라. 모임을 찾아 부지런히 쫓아다니거나 자신을 드러내기 위해 애쓰지 말라. 인생 후반부에 이르면 정원사가 나뭇가지를 치듯 자신의 생활을 단순하게 하고 내면의 깊이를 찾도록 하라.

제2부

다음은 다음 지금은 지금

제 이의 신혼

자녀들을 모두 출가시키고 노부부만 남아 함께하는 기간은 제 이의 신혼이 아닐 수 없다. 젊은 날처럼 달콤할 수 없지만 모처럼 자녀 양육의 짐을 벗고 둘만의 시간이 주어짐은 축복일 수 있다. 그런데도 잉꼬부부처럼 잘 살아 내지 못한 채 황혼이혼도 하게 되고 서로 갈등하며 흘러가는 노년의 부부생활이 안타까운 현실인 듯하다.

최근에 아내의 생신을 맞이하여 가족 카톡 창에 어느새 고희 고개를 넘어가고 있는 할망구라는 표현을 무심결에 썼다. 시집간 중년의 딸이 이 글을 읽고 발끈 화를 냈다. 아빠가 모범을 보이지 않고 고생한 아내를 어떻게 할망구라는 말로 비하할 수 있느냐는 것이다. 그 말이 욕이 아니고 친근감을 드러내는 호칭이라고 해도 이해하지 못했다. 자신도 엄마 나이에 이르러 남편이 그런 호칭을 쓴다면 참을 수 없겠단다. 역시 자존감이 강한 딸과의 세대 차이를 실감할 수 있었다. 아무리 가까운 부모자식간이라도 언어 사용에 다시 한번 신중을 기해야 할 것으로 여겨진다. 부부 다툼의 원인도 결국 인격을 무시하는 말투에 상당히 예민하게 반응하는 탓인듯하다.

부부모임에서 아내들이 서로 남편을 비교하며 흉을 볼 때 남편들은 별로 기분이 좋지 않다. 집에서 남편이 불만스런 결점이 있어도 남 앞에선 슬쩍 덮어 주고 넘어가면 오죽 좋으련만. 그 자리에선 생각 없이 흉을 보며 스트레스를 해소하였지만 집에 돌아와선 안색이 변해 토라지고 감당하기 힘든 언쟁이 일어날 수 있다는 걸 각오해야 한다. 결국 서로 속이 상해 입을 다물고 냉전에 돌입하면 여간 고역이 아닐 수 없다. 성격에 따라서 다시 마음 문이 열릴 때까지 하루 이틀이 아니고 심하면 일주일 이상 가는 경우도 있다. 한집에 살면서 대화가 끊기고 냉기류가 번지는 분위기는 여간 괴로운 지경이다. 자존심을 버리고 무조건 내가 잘못했다고 다가서는 용기가 쉽잖다. 어떤 친구는 가정의 평화를 위해 한 가지 원칙이 있다고 내게 귀띔을 한다. 자기는 무조건 아내의 의견을 따를 뿐 토를 달지 않는단다. 가족 외식을 할 때도 음식점을 정하고 메뉴를 선택하는 일도 모두 아내에게 맡긴다. 그의 지론은 왜 아내와 신경전을 벌려 에너지를 낭비하느냐는 것이다. 그런 힘을 아껴 취미생활을 즐기며 평상심을 유지하는 게 현명하다는 얘기다.

살아오면서 형성된 각자의 대인 관계가 다른 만큼 부부는 따로 국밥으로 지내야 할 때가 많다. 아내는 거의 신앙생활에 전념하기 때문에 예배 참석이나 교인들과의 교제가 생활의 우선순위가 된다. 이런 점을 고려해 일주일에 한 번은 시간을 함께하는 부부의 날로 지키자고 약속했다. 처음만 조금 잘 지켜지는가 싶더니만 이것도 얼마 못 가서 유명무실이 되었다. 교회 행사나 친구들과 약속이 겹치면 부부의 날은 양보해야 한다. 나는 집에 머무는 날이 별로 없다. 혼자라도 가까운 곳에 전철을 타고 떠나거나 영화관도 가고 산책 코스를 찾아 다닌다. 아내와 이런 멋진 곳에 함께 하지 못하는 아쉬움도 생기고 외로움도 느끼지만 스스로 길들여진 탓에 오히려 자유로움을 즐긴다. 부부도 결국 죽을 때 홀로 가야 한다. 뒤에 남은 배우자는 나 홀로 삶을 견디는 훈련도 해야 한다. 지인 중에 아내는 항상 그림이나 문학 활동을 하느라 바쁘게 지내니 그는 친구들과 어울려 트레

킹을 떠나거나 여기저기 여행을 즐긴다. 하루도 집에 아내와 함께 집에 머물지 못한다. 아내는 시간이 날 때 스트레스를 풀기 위해 바람 좀 쐬고 싶어도 남편은 혼자 돌아다녀 빈 자리가 어쩔땐 원망스럽다고 하소연한다. 부부가 함께 지내지만 허전할 때 서로 옆지기가 돼주지 못하는 상황이다.

어느 모임 중 한 분이 부부싸움을 줄이는 방법 중의 하나가 그럴 듯했다. 은행 예금 통장처럼 서로에게 좋은 감정을 평소에 차곡차곡 쌓아 두면 아주 유용하다고 한다. 내가 잘못한 일이 있을 때 좋은 감정의 잔고가 그것을 상쇄시켜 주는 효과가 있단다. 실제로 부득이한 사정으로 아내가 용납 못 할 오해가 생겼을 때 분노의 감정을 누그러뜨릴 수 있다면 좋은 처방이 아닐 수 없다. 부부가 서로에게 너그러운 마음을 갖는다면 불화는 거의 막을 수 있을 것이다. 사소한 생활 습관의 차이를 극복하지 못해 부딪히는 일도 많다. 가장 흔한 잔소리가 세탁물을 벗어 놓을 때 옷과 양말을 뒤집어 바구니에 그대로 처박아 버린다거나 설거지나 쓰레기 재활용을 잘 도와주지 않는 일이다.

동물의 세계에서 원숭이들이 틈만 나면 새끼나 어미, 동료의 털 고르기를 하며 시간을 보낸다. 이런 행동이 그들의 유대 관계를 돈독히 하는 지혜인 듯하다. 사람도 신혼 시절엔 부부가 자주 스킨십을 통해 사랑을 확인하지만 노부부가 되면 거의 데면데면해지는 건 어쩔 수 없는 것 아닐까. 소 닭 보듯 닭 소 보듯 무관심해지고 만다. 일상적인 대화도 거의 하지 않고 핸드폰에 푹 빠져 밥상머리에서도 침묵이 흐른다.

노부부가 손목을 꼭 잡고 나란히 산책로를 걸어가는 모습이 부럽게 여겨진다. 저 분네는 어떻게 하면 아직도 저리 금실이 좋을까 싶다. 잎새를 다 떨구어낸 나목처럼 홀가분한 가운데 부부가 오붓한 삶을 마지막 누리라는 골든 타임을 놓치고 우리는 결국 후회 속에 빠져드는지 모를 일이다.

다음은 다음 지금은 지금

여름철이 되면 여전히 무더위와 불쾌지수 높은 날씨에 짜증이 나기 마련이다. 식욕도 감퇴하고 날마다 끼니 챙겨 먹는 일도 귀찮아진다. 이럴 땐 누가 알약 하나만 입안에 털어 넣으면 끼니가 해결되는 묘약을 발명해 주면 얼마나 좋을까 하는 엉뚱한 생각도 든다. 다람쥐 쳇바퀴 돌 듯하는 일상에서 어떤 의미를 찾을 수 있는지 최근에 상영된 영화 한 편이 인상적이 아닐 수 없다.

퍼펙트 데이즈(perfect days)라는 일본 영화로 주인공은 도쿄 시내에서 공중화장실 청소부로 일한다. 그는 독신 생활을 하는 중년 남자로 하루 일과를 어떻게 보내는지 영화는 지루할 만큼 똑같은 일상을 반복해서 보여준다. 새벽녘에 일어나 양치질을 하고 세수를 마치고 수염을 가다듬고 화분에 분무기로 물을 주고 청소복을 입고 차를 타고 출근하기 전에 자판기에서 캔 커피를 하나 뽑아 마신다. 그리고 청소도구가 잔뜩 실려 있는 차를 운전하며 카세트 테입을 틀어 올드 팝송을 들으며 흥얼거린다. 일터에 도착하여 변기며 세면대를 아주 꼼꼼하게 빈 틈없이 닦아낸다. 함께 일하는 젊은이는 그렇게 잘 닦아도 금방 더러워 질텐 데 대충하시라고 얘기하지만 들은 체도 안한다. 청소 중에 용무가 급한 사람이 들어오면 자릴 비켜 주고 문밖에서 나올 때까지 기다려야 한다.

아파트에서 우리 부부는 화장실을 한 개씩 따로 사용한다. 청소도 각자 해야 하는데 나로선 가장 하기 싫은 편이다. 내가 쓰는 화장실이 조금 지저분해 보이면 아내가 잔소릴 한다. 영화 속 주인공은 눈에 잘 보이지 않는 구석까지 손 거울을 비춰 얼룩을 닦아내지만 나는 눈에 보이는 부분만 겨우 하는 셈이다. 화장실 청소원의 수고를 다시 생각하게 한다. 주인공은 점심시간에 공원 벤치에 앉아 샌드위치를 먹으며 휴식을 얻는다. 공원 숲의 우거진 나뭇잎 사이로 햇빛이 스며들어 오는 걸 보며 호주머니에 지닌 소형 카메라를 꺼내 촬영한다. 그의 중요한 취미 중의 하나가 사진 찍기이다. 다른 취미는 서점에 들려 책을 고르고 잠들기 전에 독서하는 일이다. 동네 대중탕에 가서 목욕을 즐기고 단골 주점에도 자주 들린다.

똑같은 일상생활에 약간의 변화가 찾아온다. 그의 여동생의 고교생 딸이 가출하여 그에게 찾아온다. 그는 말없이 조카를 품어주며 그의 집에 머물게 하고 일터로 나갈 때 데리고 나간다. 사춘기지만 조카는 삼촌의 화장실 청소를 지켜보며 도와주고 싶어 한다. 일이 끝나고 천변을 산책할 때 조카가 묻는다.

- 엄마가 그러는데 삼촌은 우리와 다른 세상에 살고 있대요.
- 맞아. 사람들마다 각자 자기만의 세상 속에 숨어 살아가고 있지.
- 저 하천 물은 어디로 흘러가고 있나요?
- 바다로 간다.
- 그래요, 저도 바다에 가고 싶어요.
- 다음에 가자.
- 다음 언제?
- 다음은 다음, 지금은 지금.

카르페 디엠(CARPE DIEM)이란 말처럼 두 사람은 지금 이순간을 놓치고 싫어 하지 않으며 함께 노래를 부른다.

그는 공원에 앉아 쉬는 동안에도 다양한 세계 속에 살고 있는 사람들을 만난다. 언제나 그 자리에 앉아 혼자 쓸쓸하게 샌드위치를 먹으며 점심을 때우는 젊은 여자도 만나고 이상한 옷차림으로 공원을 배회하는 아저씨도 보인다. 어떤 분이 그에게 다가 와 사람의 그림자가 겹치면 더 어두워지느냐고 묻는다. 그는 양지쪽으로 나가서 둘이 함께 실험해 보자고 한다. 아무리 애써도 둘의 그림자가 어긋나고 잘 겹쳐지지 않는다. 둘은 포기하고 서로 그림자밟기 놀이를 하며 어린애들처럼 재미있는 시간을 보낸다. 내가 얼마 전에 읽은 책 중에 '그림자를 판 사나이'라는 제목의 소설이 있다. 독일 작가인 샤미소가 기발한 상상력으로 이야기를 전개했지만 내용이 너무 난해한 느낌을 받았다. 결국 슐레밀(주인공)은 악마에게 돈을 받고 자신의 그림자를 팔아 치운다. 원하는대로 돈이 펑펑 나오는 주머니를 댓가로 받아서 부자는 됐지만 그는 사회생활에서 언제나 사람들로부터 그림자가 없다는 이유로 소외당한다. 가장 견디기 힘든 것은 사랑하는 여인에게 그림자 때문에 선택받지 못하는 것이었다. 악마에게 다시 그림자를 돌려달라고 애원하지만 오히려 죽은 뒤 영혼까지 팔겠다는 각서를 쓰라 한다. 슐레밀은 돈보다 소중한 그림자의 가치를 깨닫고 후회하게 되지만 이미 때는 늦었다. 여기에서 그림자가 무엇을 의미하는지 정확히 파악할 수 없지만 우리가 소홀히 여기는 일상의 소중함을 의미하지 않나 싶다. 단테의 신곡 중 연옥편에 안내자인 베르길리우스는 그림자가 없는 걸로 묘사되었다. 산 자와 죽은 자를 구분 짓는 기준도 그림자에 있는 듯하다.

히라야마(야쿠쇼 코지 분)는 내일도 여전히 똑같은 일과를 계속하되 자연과 책 읽기를 사랑하며 내면의 곳간을 채워 나갈 것이다. 그러한 일상이 쌓여 지면 그의 인생도 알찬 삶의 열매를 맺게 되리라. 문밖을 나올 때 찬란한 햇볕이 위로하듯 비쳐 주는 걸 느끼며 차를 몰고 일터로 나가며 그는 카세트 테입을 듣는다. 그의 표정이 웃는 것 같기도 하고 괴로워하는 것같기도 하고 일그러졌다 펴졌다를 반복하며 영화는 막을 내린다. 과거의 어둡고 우울한 어떤 상처도 꺼내려 하지 않고 오직 주어진 하루에 충실하며 살아가고자 하는 히라야마의 얼굴표정이 긴 여운을 남긴다.

일상의 무늬는 호수의 잔물결처럼 계속될 것이고 죽음이란 것도 결국 이러한 일상의 무늬들 가운데 하나의 특별한 무늬일 뿐이다. 그리고 우리들에게 속삭여 줄 것이다. 다음은 다음, 지금은 지금.

가족의 의미

　지구 온난화로 이상기온이 계속되는 때문에 이번 추석은 유달리 덥고 힘든 날씨에 추석秋夕이 아니라 하석夏夕이란 말이 나온다. 한 해 가운데 그래도 '더도 말고 덜도 말고 한가위만 같아라' 는 보름달이 두둥실 떠올랐다. 귀성객들이 고향을 찾고 가족을 만나는 훈훈한 명절 분위기가 느껴진다. 고향을 찾기보다 해외로 빠지는 젊은이들이 공항을 가득 메운다는 뉴스가 쓸쓸하기도 하지만 모처럼 가족과 함께 하는 명절이 아닐 수 없다. 매년 새해를 맞을 때마다 길거리 인터뷰에서 시민들의 대답은 소원이 뭐냐는 기자의 질문에 '우리 가족이 모두 건강하게 잘 지냈으면 좋겠다' 는 대답이 돌아온다. 소박한 행복의 기준이 가족끼리 오순도순 재미있게 살아가는 일임을 실감나게 한다.

　최근 뉴스를 보면 '나 혼삶' 이야기가 나온다. 열 집 중 네 집이 나 홀로 살아간다는 우울한 소식이 아닐 수 없다. 평균수명이 늘어나 100세 시대를 사는 동안 한번은 누구나 혼자 사는 경우가 찾아 온다. 배우자 중 누가 먼저 가기 마련이고 특별한 경우가 아니면 한날한시에 죽지 않는다. 결국 인생은 살아 있을 때나 마지막 순간에도 혼자라는 사실을 받아들여야 한다. 나 혼삶의 양태도 다양하여 청년, 중장년, 노년 등 세대와 나이를 가리지 않고 증가세다. 젊은이는 결혼을 기피하고 혼삶을 선택하고 결혼해도 아이 낳기를 기피한다. 배우자와 사별 뒤 혼자 살게 되는 노령층은 점점 늘어난다. 이혼 후 혼자 살게 되는 돌싱도 있고 직장이나 유학으로 기러기 부부가 되는 경우도 많다. 이러한 사회적 현상은 어찌할 수 없는 시대적 큰 흐름이 돼 버렸다.

추석을 맞이하여 집에 다니러 온 노총각 아들에게 이런 얘기를 들려주었다. 부모로서 결혼을 채근하는 것은 사이만 멀어지게 하니 간접적인 방법으로 깨닫게 해 줄 뿐이었다. 진화론자인 찰스 다윈은 총각 시절에 결혼을 두고 고민하다가 스스로 학자다운 답을 얻었다. 결혼과 비혼의 장단점을 비교표로 작성하여 놓고 보니 비혼 쪽이 점수가 높게 나타났다. 그는 당연히 객관적 수치로 따져본 결과인 만큼 비혼을 선택해야 하는데도 아니었다. 인생은 반드시 합리적 선택이 전부가 아니라는 생각이 들어 결혼이 나을 수도 있다는 믿음 때문이었다. 보통 사람도 중매를 통해 결혼 상대를 고를 때 아무래도 조건이 좋은 쪽을 선택해야 하지만 때론 비합리적 선택을 하여 나중에 잘했다는 생각을 하게 된다.

지인 중에 노처녀의 하소연이 그럴듯하게 들렸다. 거동이 불편한 노부모님을 모시고 살다 보니 자신이 마치 요양원 원장이 된 것 같단다. 다른 형제들은 결혼해 가정을 지닌 탓에 형편이 안되니 꼼짝없이 독박을 쓸 수밖에 없다. 이럴 줄 알았으면 기를 쓰고 결혼해 가정을 가졌을 것이고 나도 구속받는 생활을 벗어날 수 있었을 터인데 후회도 된단다. 그런가 하면 다른 노처녀는 혼자 된 어머니를 모시고 살게 되니 서로 의지되고 불편함보다 마음의 안정도 얻고 외로움을 잊을 수 있어 좋다고 하였다. 다만 어머니가 아직 건강할 때 일이고 거동이 어려워지면 달리 생각할 수 있단다. 실제로 자신의 친구는 남편과 사별하여 혼자 살지만 친정 어머니를 모시고 살아야할 형편에 놓였다. 어머니가 치매를 앓게 되니 이건 보통 문제가 아니었다. 낮엔 복지시설에서 데이 케어가 되지만 저녁부터 보살펴 드려야 하니 외출도 자유롭지 못하고 완전히 어머니에게 매여 지내는 신세가 되었다. 다른 형제들은 가정 형편을 들어 모른 체하여 피할 수 없는 독박이니 울상이라고 한다. 어머니가 스스로 요양원에 들어갈 의사는 전혀 없어 강요할 수도 없고 치매가 악화 되고 당신의 의사결정이 어려울 때까지 지켜봐야 한다고 했다.

일본의 시모주 아키코는 '가족이라는 병' 이란 저서에서 가족이라 할지라도 개인의 역할과 자유도 존중할 것을 주장한다. 부모와 자식 간의 거리도 유지하면서 가족이라는 이름으로 많은 것들을 희생당하고 강요당하는 것을 거부한다. 각자의 자리에서 서로를 존중하며 살아가야 맞다고 한다. 고령화 사회에서 고령의 부모를 돌보는 것이 무척 어렵고 힘든 일임을 인식시키고 가족이라는 테두리 안에서 강요하면 안 된다고 역설한다. 시대가 변한 만큼 가족의 정의도, 역할도, 의미도 함께 변화하는 게 어쩔 수 없다고 한다. 어쩌면 끈끈한 정으로 뭉쳐진 가족이라는 개념에서 볼 때 냉정하다고 볼 수 있지만 서로 예의를 지키고 배려해야 한다는 필요성을 깨닫게 한다.

일반적 가정과 다르게 피눈물 나는 가족의 사연을 지닌 채 살아가는 그들을 마주 한다. 70여 년 세월이 흐르도록 여전히 이산가족으로 살고 있는 우리 동포의 현실은 풀리기 힘든 숙제다. 고아로 시설에서 지내다가 18세가 되면 자립 청년으로 살아가야 하는 젊은이들의 사정도 안타깝다. 태어나자마자 외국으로 입양 간 그들은 친부모를 찾기 위한 혈육의 정을 목말라 한다. 길거리에서 실수로 자녀를 잃거나 가출해 버린 피붙이를 영영 찾지 못하고 가슴을 까맣게 태우는 실종가족의 사연도 들려 온다.

어느 어르신이 산책중에 있는 내게 길을 묻는다. 인천에서 도봉산에 처음 바람 쐬러 왔는데 어느 방향으로 가야 할지 모르겠다고 한다. 본인이 밝힌 바로 나이가 83세인데 전혀 그리 뵈지 않을 만큼 건강한 듯했다. 6년 전에 아내를 사별하고 혼자 지내는데 가장 힘든 건 외로움이라고 한다. 딸만 여섯을 두었는데 모두 출가하여 흩어져 살고 바쁘기 때문에 전화 통화도 힘들다고 했다. 한번은 막내에게 전화를 걸어 왜 안부전화도 없냐고 했더니 아빠가 먼저 전화하면 안 되느냐고 되묻더란다. 자식들은 역시 자식들이고 마누라만 못하니 옆에 있을 때 잘해주라고 내게 충고도 하신다. 나의 친절한 길 안내가 고마웠는지 어르신은 내게 음료수라도 한 잔 대접하겠다고 했으나 사양하고 잘 놀다 가시라고 인사했다. 홀로 된 노인이 추석 명절인데도 인천에서 도봉산까지 2시간 남짓 거리를 소일하기 위해 전철 타고 오신 걸 생각하면 뒷모습이 쓸쓸하게 여겨진다.

우리나라의 애완견 키우는 인구도 계속 증가 추세인 듯하다. 산책로에 나서면 거의 젊은이들이나 어르신들이 개를 데리고 나온다. 우리 집 맞은편 아파트의 젊은 부부도 맞벌이로 바쁜 탓에 거의 개를 혼자 두고 다니는 탓에 현관에 발자국 소리만 나면 시끄럽게 짖어댄다. 이제 애완동물도 어엿한 가족의 일원으로 보호받는다. 추석 명절에 사람들만 가족끼리 오붓한 시간을 보내는 게 시샘이나 하듯 물오리 가족들이 하천 모래톱에 모여 앉아 유유자적한 시간을 즐기고 있다. 사람이든 동물이든 가족이 함께 하는 건 신이 주신 행복이고 평화스런 삶이 아닐 수 없다.

반려동물

엘리베이터를 타고 15층에 내리면 앞집 개가 어찌나 짖어대는지 짜증이 날 때도 있다. 화가 치밀기도 하지만 이웃과의 좋은 사이를 유지하려면 꼭 참아줘야 한다. 맞벌이 부부라 그런지 집을 비울 때가 많아 녀석도 답답하고 무료하니 그러려니 하고 이해한다. 개도 자신의 본성을 드러내야 스트레스가 해소될 것으로 여겨진다. 천변으로 산책을 나가면 애완견 인구가 갈수록 늘어난 걸 실감할 정도로 발길에 걸치적 거린다. 똥을 싸느라 낑낑대면 주인은 휴지를 꺼내 기다리고 있고 놈은 시원하다는 듯 꼬릴 살랑거린다. 이젠 개도 어엿한 가족의 일원으로 자리잡은 우리 사회가 되었다.

20여 년 전에 딸이 대학 입학 선물로 애완견을 원해 서울 충무로에 있는 애완견 센타에서 한 마리 사 준 적이 있었다. 어른 주먹만한 크기의 강아지는 진한 크림색의 포메라이언 종으로 첫눈에 끌렸다고 했다. 이것이 우리 가족의 처음이자 마지막 애완견과의 인연이었다. 딸은 강아지 이름을 '바람이' 라고 지었는데 이 때문인지 녀석은 어른이 되어 우리 가족과 함께 여생을 다하지 못하고 바람처럼 다른 주인을 만나 이별의 아픔을 나누어야 했다. 새 아파트로 이사를 앞두고 바람이를 어찌해야 할지 고민 끝에 내린 결정이었다. 베란다에서 풍기는 개 특유의 냄새가 싫었고 훈련을 잘못 시킨 탓인지 배설물 때문에 항상 아파트에 고약

한 악취가 비위를 상하게 했다. 결국 수소문 끝에 같은 교인이 바람이를 인수하겠다고 하여 넘겨 주게 되었다. 그 동안 병역 의무 수행 중이던 아들이 휴가를 나와 바람이를 찾았다. 다른 집으로 입양을 보냈노라고 하니 무척 서운해 여기며 귀대 전에 꼭 한번 보고 싶다고 하여 주소를 알려 주었다. 바람이가 어떻게 옛 주인을 금방 알아보고 어찌나 반가워하던지 품에 안겨 떨어지질 않더라고 했다. 마치 사랑하는 자식이나 연인과 헤어지듯 슬픈 이별의 감정은 세월이 흐른 뒤에도 두고두고 잊지 못하는 듯했다. 바람이에 대한 마지막 소식은 새 주인도 사실상 얼마 키우지 못하고 시골에 있는 고향 집으로 보내버렸다고 했다. 귀염둥이 노릇을 하던 바람이를 끝까지 보살펴주지 못한 죄책감 때문인지 우리 가족들은 아무도 녀석의 얘기를 입밖에 꺼내려 들지 않았다. 그리고 이후로 더이상 다른 애완견을 기르고 싶은 마음이 내키지 않았고 분가해 살고 있는 자녀들도 마찬가지인 듯했다.

요즘 뉴스의 화제가 된 것으로 용인 에버랜드 동물원의 마스코트인 판다 곰(푸바오) 소식이 아닐 수 없다. 우리나라에서 태어났지만 4년이 지난 지금은 소유권이 중국에 있어 한 달 후에 돌려주는 탓으로 관람객에게 마지막 공개를 했다. 열성 팬들이 몰려 와 웬만한 인기 스타 못지않게 푸바오를 보기 위해 새벽 3시부터 길게 줄을 지어 동물원 입장을 기다린다고 했다. 대나무 줄기를 손에 들고 천진난만한 표정으로 맛있게 씹고 있는 녀석은 이별의 아쉬움을 모르는 듯했다. 관람객들 가운데엔 두 번째 푸바오를 보러 왔고 이번엔 근처에 아예 숙소를 정해 놓았단다. 녀석이 아기일 때부터 매번 보러 왔고 우리집 강아지처럼 여겨졌다고 말했다. 사람도 그렇지만 반려동물에 대한 깊은 정을 누가 말리랴 싶었다.

지인 중에 결혼한 지 몇 년이 지났는데도 아이 낳아 기를 생각은 전혀 없고 오로지 고양이나 개를 가족 삼아 살아가고 있다. 가끔 방안에 들어 가보면 이곳이 동물원인가 싶을 정도로 여러 마리의 고양이들이 거실을 온통 휘젓고 다닌다. 반려묘는 품종에 따라 상당한 고가에 거래 되고 사료나 병원비도 만만치 않다고 한다. 거의 아기 양육비 이상이 들 어가니 경제적으로 부담이 많을텐데 아랑곳하지 않는다. 맞벌이 부부니 한 사람 월급은 아예 동물 사육비로 들어가는 셈이다. 고령화 시대에 이 르러 무료함이나 외로움을 달래 줄 애완견이 필요할 수도 있겠다. 허나 젊은이들이 오히려 반려동물에 빠져드는 현상을 무어라 설명할 수 있을 까. 어느 책에서 읽은 그럴듯한 내용 중에 개나 화초들이 사람의 환심을 사기만 하면 천적으로부터 안전이 보장되고 무엇보다 종족보존의 본능 을 무난히 이어갈 수 있는 영리한 생존전략을 펼치고 있다는 것이다. 그 들은 사람에게 아양을 떨고 재롱을 잘 피워 주고 이쁜 짓만 잘하면 아 무 걱정이 없단다. 배고프면 먹여 주고 재워 주고 아프면 병원에 데려가 고 대소변도 다 치워 주고 그들의 입장에선 오히려 사람을 종으로 부리 고 있는 셈이 된다. 화초들도 사람들의 사랑을 받는 쪽으로 선택받으면 야외에서 어렵고 힘들게 살지 않아도 적절한 실내 환경에서 성장하고 번 성하여 그들의 종을 무난히 보존해 나갈 수 있게 된다.

　얼마 전 카톡에 떠도는 이야기 중에 미국의 한 노인이 자기가 기르던 강아지에게 전재산을 유산으로 물려주었다고 한다. 개가 죽고 난 후엔 남은 유산은 동물 보호소에 기증하라고 했지만 외아들이 억울하다고 법원에 소송을 냈다. 담당 판사는 아들에게 일 년에 몇 번이나 아버지를 찾아뵈었는지 전화로 얼마 만에 한 번씩 안부를 여쭈었는지 아버지의 생신은 챙겨 드렸는지 등에 질문했다. 그러나 아들은 아무 대답도 하지 못하는 걸 보고 판사는 아버지의 유언을 비디오로 보여 주었다.

– 만약 아들이 불평불만 하거든 단 일 불만 물려 주십시오.

　사람의 기본 도리가 부모님이나 신세 진 분들의 은혜를 잊지 않고 사는 게 마땅할 터이다. 그런데도 이에 어긋나는 행위 앞에 누구나 배신감을 느끼게 마련이다. 아무리 백골난망을 다짐해도 사람은 망각의 동물인 탓에 세월의 흐름에 따라 그만 희미해져 버리고 만다. 주인에게 충성을 다하는 충견들의 이야기는 감동적이다. 화재가 발생한 집에서 주인을 깨워 목숨을 구하게 하는 것이라든지 서울에 팔려 간 개가 지방에 있는 주인 집을 끝까지 여러 날에 걸쳐 용케 찾아온 일이라든지.

　우리의 미래인 아이들은 늘어나지 않고 애완견이 유모차를 탄 주인공이 된 현실이 쓸쓸하다. 요즘 들어 몸 상태가 불편한 반려자의 팔짱을 끼고 산책 나온 개들 사이를 조심조심 헤쳐나간다.

데이트 폭력

신록의 산야에 아카시아 솜사탕이 수를 놓은 듯 돋보인다. 비를 몰고 오는 바람결에 어느새 꽃잎이 흩날리고 땅 위에 수북히 깔린다. 꽃잎을 밟고 지나가기가 안쓰러운 느낌이 든다. 봄꽃들은 금방 왔다가 금방 사라져 가는 덧없음을 보여준다. 숲길을 산책하며 문득 32세로 요절한 소월 시인이 생각난다. 내 이름이 월月자가 들어 있어 그런지 우리나라 시인들 중 김소월과 박목월을 좋아한다. 어린 시절부터 시인의 꿈을 키우며 나의 애송시가 되었던 소월의 대표시, 진달래 꽃이 입가에 절로 읊조려진다.

나 보기가 역겨워 가실 때에는 / 말없이 고이 보내 드리오리다

영변에 약산 진달래 꽃 / 아름 따다 가실 길에 뿌리오리다

가시는 걸음걸음 놓인 그 꽃을 / 사뿐히 즈려밟고 가시옵소서

소월은 평북 정주에 있는 오산학교 시절에 세 살 연상인 여친이 있었다. 둘은 서로 사랑했지만 짝이 되지 못하고 헤어지는 운명이 되고 만다. 3살 때 아버지가 돌아가신 후 할아버지 손에 맡겨진 소월은 강제로 다른 여자와 결혼 한다. 여친도 다른 남자와 결혼했지만 남편이 폭행을 일삼아 얼마 안 돼 죽고 만다. 이 소식을 듣고 장례식장으로 달려간 소월은 피맺힌 울음처럼 한편의 시(초혼)를 토해 냈다.

산산이 부서진 이름이여 / 허공 중에 헤어진 이름이여

불러도 주인 없는 이름이여 / 부르다가 내가 죽을 이름이여

만약 소월의 사랑이 이루어졌다면 그의 주옥 같은 작품이 더 쏟아져 나왔을까. 대부분의 시인 예술가에게 사랑의 아픈 상처는 작품의 모티 브가 되어 독자들에게 감동을 안겨 주는 듯하다.

오래 전에 본 적이 있는 '봄날은 간다' 라는 영화에서 주인공들끼리 나누는 대사 한 마디가 잊혀지지 않는다. 남자가 여친에게 그토록 좋아 하던 사이였는데 갑자기 헤어지자는 말을 듣고 하는 말이다. 사랑이 왜 변하니?

소월 시인은 진달래꽃이란 시에서 나 보기가 역겨워지면 붙잡지 않고 그냥 보내주겠다는 아름다운 마음을 극적으로 보여준다. 진달래꽃을 한아름 따다가 떠나는 길에 밟고 지나갈 수 있도록 꽃길을 만들어 주겠 다는 게 아닌가. 걸음마다 꽃잎들을 사뿐히 즈려밟고 가시라는 마음이 진심이 아닐지 몰라도 얼마나 아름답게 느껴지는 것이랴. 사랑은 상대 방을 결코 구속하지 않고 자유함을 주는 게 참된 사랑이 아닐지 모른다.

사랑하는 남녀 사이에 균열이 생겨 헤어지게 될 때 발생하는 아픔 때 문인지 '데이트 폭력' 이란 현상이 요즘 우리 사회의 이슈가 되고 있다. 최근에 일어난 사건으로 명문대 의대생이 헤어지게 된 여친을 앙갚음으 로 살해한 끔찍한 상황이 아닐 수 없다. 청년은 수능 만점자로 알려진 수 재이고 장래가 촉망되는 의사의 길을 가던 중에 불행의 덫에 걸려 넘어 지고 말았다. 사랑은 맹목이기에 이성을 잃도록 만들어 버렸을 터이다. 그는 분하고 서운한 감정을 다스리지 못한 채 여친의 소중한 목숨을 빼 앗고 얼마나 후회하지 않을까 싶다.

구세대는 연애 결혼이 허용되지 않고 부모님이 정해준 대로 짝을 맺 으면 그만이었기에 오히려 어떤 면에서 오늘의 신세대보다 행복한 게 아

니었을까. 지금의 젊은이들은 스스로 결혼 상대를 어렵게 찾아야 한다. 물론 결혼정보회사가 생겨나 짝을 맺어주기도 하지만 대부분 상대방을 모르는 가운데 연애를 통하여 결혼에 골인하게 된다. 원만한 교제를 통하여 결실을 맺는다면 다행이지만 의외로 실패하는 남녀들이 많이 생겨나는 것도 어쩔 수 없다. 최근에 발표된 경찰청 통계에 의하면 하루에 약 38건이 교제 폭력으로 이어져 심각한 결과를 낳기도 한다고 알려진다. 스토킹처벌법은 법제화 됐지만 교제 폭력에 관한 처벌법은 아직 마련되지 않고 있다. 요즘 자녀들이 결혼을 기피하는 추세에서 데이트 중이라면 기쁘고 반갑기도 하지만 한 편 염려가 되는 것도 사실이다. 나도 아들이 여친을 만나지 않고 조용히 지내니 데이트 폭력은 걱정 안 해도 되고 그것으로 효도를 받는 것으로 자위한다.

동물의 세계를 보면 그들의 짝짓기도 만만치 않다. 수컷 새는 암컷에게 맛있는 벌레를 잡아다 주며 선물 공세를 한다. 자신이 얼마나 부지런하며 사냥 기술이 있는지 증명해야 짝짓기를 허락 받는다. 공작새는 화려한 꼬리를 활짝 펴고 멋진 공연을 펼쳐야 암놈의 관심을 받게 된다. 사자를 비롯한 동물들도 다른 경쟁자와 싸워 승리하지 않으면 암놈의 선택을 받지 못한다. 수컷 산양이나 들소가 암컷을 차지하기 위해 날카로운 뿔을 부딪히며 싸우는 걸 보면 손에 땀을 쥐게 한다.

사람의 구애 활동도 많은 청춘의 에너지를 소비하게 한다. 한눈에 반해 서로 사랑하는 사이가 될 수 있는 경우는 드물고 상대방의 마음을 얻기까지 힘든 시간을 견뎌야 한다. 열 번 찍어 안 넘어가는 나무가 없다고 하지만 짝사랑의 경우는 성공에 이르는 과정이 더욱 가시밭 길이다. 상대방의 마음을 헤아리며 데이트 기간은 조심조심 다가가야 한다. 자칫 잘못하면 깨진 유리그릇이 될 수 있다. 총각 시절에 설레는 가슴으로 만났던 여친들의 얼굴이 스쳐 지나간다. 그들과 인연이 닿지 않아 헤어졌지만 문제를 일으키지 않고 현명하게 제자리로 돌아가게 된 것은 얼마나 다행인듯싶다.

내 마음의 빨랫줄에 잠깐 앉았다 가는 참새들처럼 그들은 모두 후루룩 날아가 버렸을 뿐이다.

한 번 만난 상대방이 전부인 것처럼 헤어질 때의 충격으로 데이트 폭력을 저지르는 신세대들의 행태가 너무 가슴 아프게 여겨진다. 다시 한번 소월 시인의 '사뿐히 즈려 밟고 가시옵소서'라는 시구처럼 무미건조한 이기적 사랑에서 벗어나 상대방의 마음을 존중하는 사랑이 되었으면 좋겠다.

사랑의 빛깔

나이가 들면서 남녀간의 '사랑' 이라는 단어도 시큰둥해지고 관심도 멀어져 간다. 행사장에서 받은 싱싱한 꽃다발이 퇴색해 가듯 사랑이란 감정도 잊혀져 가는 걸까. 영화관에 가더라도 달콤한 로맨스 영화보다 나폴레옹 같은 전기 역사물이라든가 전쟁 영화가 흥미를 끈다. 요즘 성경공부를 하면서 '좁은 문으로 들어가라' 는 구절을 읽으며 문득 젊은 날에 내게 감명을 주었던 앙드레 지드(1869년-1951년)의 자전적 소설인 '좁은 문' 을 다시 구해 펼쳐 본다. 문학예술의 영원한 주제인 사랑의 빛깔 중 하나인 남녀 주인공의 독특한 내면세계를 음미하게 된다.

제롬과 알리사는 외사촌 사이지만 사랑의 감정에 놓인다. 청교도 집안에서 자란 제롬은 두 살 위인 누나, 알리사에 이끌린다. 외숙모는 딸과 전혀 다르게 야한 옷차림도 하고 정숙하지 못한 분으로 결국 다른 남자와 바람을 피우더니 가출하고 만다. 이를 목격한 제롬은 충격을 받고 이제부터 내 인생의 목적은 오직 누나를 공포로부터, 악으로부터, 인생으로부터 지켜 줄 것을 스스로 다짐한다. 제롬은 육체적 사랑을 억제하는 것이 다른 사람의 방종처럼 자연스런 일이 되었다. 알리사의 여동생은 밝고 명랑한 성격으로 언니와 대조적이다. 그녀가 제롬을 좋아한다는 걸 눈치채고 언니는 양보하려 한다. 그러나 제롬은 오직 알리사를 향한 사랑뿐이었지만 신앙심이 깊은 그녀는 남녀간의 행복보다 성스러움의 가치를 추구한다.

　세월이 흘러 제롬은 자신이 알리사의 존재를 너무 높여 세웠고 자신이 좋아했던 모든 것으로 장식함으로써 나의 우상으로 만들어 왔다는 걸 후회한다. 평범한 남녀관계로 사랑을 접근했더라면 그들의 관계는 수월했을텐데 제롬은 수준 높은 정신적 사랑을 원했다. 바로 그것이 좁고 험한 알리사라는 좁은 문이 되었다. 괴로움을 못 이기고 집을 떠난 알리사는 제롬에게 마지막 보낸 편지에서 그녀의 심경을 털어놓았다.

　– 주여, 당신이 우리에게 가르쳐 주시는 길은 다만 좁은 길, 둘이서 나란히 걸어가기엔 너무나 좁은 길이옵니다.

　알리사는 제롬이 자신을 너무나 환상적인 존재로 대하고 있음에 괴로워했고 제롬은 현실을 무시한 고귀한 존재로서 그녀를 사랑했다.

　앙드레 지드는 실제로 정상적인 남녀간의 사랑이 아닌 동성애자로 비난을 받았다. 가장 독실한 기독교 집안에서 자랐지만 결국 반기독교적인 삶을 살았다는 게 아이러니가 아닐 수 없다. 오직 순수한 사랑을 꿈꾸었던 그는 결혼했지만 부부관계를 원하지 않았기 때문에 부인은 처녀로 생을 마감했다. 그는 육체의 순결을 고집하는 것이 자유분방한 상상을 유발하여 오히려 영혼을 더욱 불결하게 만드는 결과를 초래함을 깨닫고 기독교와 결별한 채 무신론자가 되었다.

　음악가로서 애틋한 사랑의 모습을 보여준 브람스와 슈만 클라라의 관계는 너무도 잘 알려져 있다. 스승인 슈만이 정신병을 앓다가 죽고 연상의 미망인인 클라라를 연모한 채 지내왔던 그들은 오랜만에 마지막 재회를 가졌다. 63세의 브람스는 병약해진 77세의 슈만 클라라가 그를 위해 들려주는 피아노 연주를 듣게 된다. 그동안 물질적으로 도와준 브람스에게 감사와 다가갈 수 없는 사랑의 고백이기도 한 애절한 선율이 울려 퍼지는 순간이었다. 그녀가 묻힌 무덤을 찾아간 브람스는 흐느끼는 목소리로 가슴에 담은 사랑을 고백하고 자신도 이듬해에 세상을 떠났다.

- 클라라, 당신을 꼭 한 번만 안아보고 싶었습니다

마지막까지 브람스를 가슴에서 밀어내느라 괴로워했던 그녀도 지하에서 그를 위로하지 않았을까.

루 살로메(1861년-1937년 독일)는 유부녀이면서도 세기의 지성인 철학자 니체와, 시인 릴케, 정신분석학자 프로이트를 매혹 시켰다. 니체는 38세에 21살의 그녀를 만났고 릴케는 22세에 36살의 그녀를 만났다. 그리고 프로이트를 만난 것은 그녀의 나이가 50세이었다. 루는 정신의 일치를 사랑의 가장 중요한 원칙으로 꼽았고 만약 정신이 일치하지 않으면 육체관계로 나아가는 것은 불가능하다고 여겼다. 정신을 강조한 그녀의 남성 편력은 독특하였고 에세이스트, 저널리스트, 소설가, 정신분석학자로 다양하게 활동했다. 니체와의 만남을 통해 남긴 작품 중에 '니체의 편지' 는 니체 사상 연구에 귀중한 자료로 남겨졌다. 그녀는 작품활동보다 자신의 존재의 의미를 부각시켰다. '나는 다른 사람을 따라 살 수도 없고 누군가의 본보기가 될 수도 없다. 나는 내가 원하는 대로 나의 삶을 꾸려 나갔다' 라는 고백을 남겼다. 루 살로메는 참으로 자유로운 영혼을 지닌 채 거리낌없는 여인의 삶을 누리며 최고의 지성들에게 창조적 영감을 주었다.

나의 20대 푸른 제복의 생활 중에 모처럼 휴가를 나와 가장 생각난 것이 여친이 아닐 수 없었다. 마땅한 여친이 없는 동료들은 휴가 나오면 도시의 뒷골목에 자리한 사창가를 헤맨 이야기를 자랑스레 늘어놓았다. 나도 펜팔로 사귄 한 여자를 만나게 된 행운을 얻어 공원길을 산책하는 중이었다. 마음속에 성적 욕망이 일어나니 그녀를 어떻게 해보고 싶어

와락 껴안고 키스를 원했다. 그러나 깜짝 놀란 그녀는 완강히 거절한 채 헤어지고 말았다. 결국 허탈한 심정으로 귀대하여 지낼 때 그녀의 편지가 병영에 도착했다. 내가 그리 나올 줄 전혀 몰랐다는 것과 잠 못 이루는 밤을 보내며 번민하는 가운데 스스로 내린 결론을 적어 나갔다. 군인 아저씨의 그러한 행위는 순수한 정신성의 표현으로 이해한다고 미화시켜 주니 부끄러운 마음에 얼마나 다행이었던가.

영육의 결합체인 남녀가 사랑을 나눌 때 과연 육체적 관계를 초월하여 순수한 사랑이 가능할 것인지 모르겠다. 고상한 환상과 현실 사이의 조화를 이룰 수 있는 남녀의 사랑이 가장 바람직하고 아름다울 수 있겠다.

한쪽 문이 닫히면

　젊은 날엔 고교 동창 모임이라면 가능한 연대의 끈을 놓치지 않기 위해 열심히 참여했다. 그런데 나이가 들수록 부질없다는 생각이 들어 은둔형으로 바뀌게 된다. 요즘은 전체 동문 모임이 아니고 그냥 고3 때 함께 공부했던 반끼리 모인다는 반창회도 생겨났다. 마침 모교 동창 총동창회에서 매년 수여하는 '자랑스런 광고인상'을 받고 보니 옛 친구들의 모습을 가까이서 보고 싶어 처음으로 모임에 참석했다. 팔순을 바라보는 나이임에도 아직 건강해 뵈는 서울 거주 9명이 시내 맛집에 모여 담소를 꽃피는 자리이었다.

　내가 시골 중학교를 마치고 도청 소재지 도시에서 고등학교를 다니게 된 것은 내 인생의 터닝포인트가 된 셈이다. 졸업반에 이르면 대학 입시에 문과반과 이과반을 편성하여 반 편성을 하던 때였다. 나는 초등학교 시절부터 문학을 꿈꾸는 소년이었기에 당연히 문과반으로 가야 하는데 이과반을 택했다. 가난한 집안 형편에 문학을 하게 되면 생활이 안정될 것 같잖아 현실적 선택으로 진로를 바꾸었다. 약학대학에 진학하여 약사가 되면 돈도 벌고 여유 있는 시간이 주어질 것 같아 글 쓰는 데 유리하지 않을까 싶었다. 그러나 인생은 뜻대로 되는 게 아닌 듯 약대에 가려면 신체검사에서 색약 판정을 받았으니 불가능했다. 결국 우여곡절 끝에 은행원이 되었고 퇴직후 현재까지 작가로 등단하여 문단 활동을 하고 있다. 정년이 없는 작가 생활에 실버 복지관에서 글쓰기 지도를 한지도 10여 년이 지나가고 있다. 그 동안 시집과 수필집은 여러 권 출간했지만 소설은 못 쓰고 있다. 내 능력의 한계가 미치지 못한다는 걸 깨달았기 때문이다. 인세로 수입을 얻어 살아갈 형편이 못 되고 자비 출판으로 지출만 많은 무명 작가 생활도 벌써 28년 째이다. 그래도 실망하지 않는 건 내가 좋아하고 성취감을 느끼는 일을 하고 있기 때문이다.

반창회 친구 중에 한명이 내게 건네 준 한 마디가 충격적으로 여겨진다.

– 저 놈은 문과반에 가야 하는데 왜 이과반에 왔지? 별 놈이네.

고3 담임 선생님이 내가 듣지 않는 곳에서 친구들에게 이런 말을 한 게 졸업후 수십년 세월이 지난 지금에야 내 귀에 전달된 셈이다. 다른 친구들은 담임 선생님을 덕이 있고 존경한다는 데 나로선 그분에 대한 이미지가 흐려졌다. 왜 그런 말을 내게 직접하지 않고 흉보듯 자신이 좋아하는 제자들에게 비웃듯 얘기하셨는지 한 방 맞은 느낌이다. 여기 모인 친구들은 모두 빵빵했다. 전직 장관을 비롯해 고위 공무원, 기업가, 은행원 등 명예도 얻었고 재정적으로도 넉넉하여 성공한 인생들이었다. 나는 학교 시절에 언제나 음지에서 자라나는 버섯처럼 남의 눈에 띄지 않고 조용한 성품이었다. 형님이 학비를 대 주고 어려운 환경에서 공부해야 하는 나는 선생도 친구들도 거들떠 보잖는 그냥 기죽은 학생이었다. 사회생활을 하는 동안 연락이 닿아 동창회 통지가 오면 의례적으로 참석하다 보니 안면이 익고 동질감을 느꼈지 학생 때는 외톨이 신세였다. 여기 모인 친구들은 학교 시절에도 서로 가까이 지냈고 이런 모임에 자주 나왔기 때문에 화기애애한 분위기였다. 그들의 화제는 골프 얘기가 주로 오갔고 누구는 홀인원을 했고 에이지 슈트을 자랑한다. 다음 모임은 지방에 사는 친구가 자신의 집으로 초대하여 1박2일 친목 모임을 하는 것으로 날짜를 맞추느라 한참 동안 대화가 이어졌다. 두 명도 약속 날짜를 잡기가 어려운데 9명이 중복되는 날을 피하여 일치를 본다는 게 어디 쉬운가. 겨우 약속이 이루어지는가 싶더니 다른 한 친구가 갑자기 그날 선약이 있는 걸 몰랐다고 다시 변경을 요청했다. 한 사람 한 사람이 그냥 살아가는 것 같아도 하루하루 약속이 많고 자유롭지 못하다는 사실을 깨닫게 한다. 보통 사람도 그러한데 지위가 높거나 유명인들은 더욱 빈 틈 없는 일정으로 살아 간다는 생각을 하면 누구나 바쁜 삶의 연속인 듯하다. 물 위에 둥둥 떠내려가는 삶은 없다고 할까. 최근에 우리나라의 인기 여배우가 갑자기 과로로 쓰러져 안타까운 가운데 장례식을 치루었다. 우리는 왜 그리 바쁘고 앞만 달려가는 삶에 매달려 있는 걸까. 헨리 데이비드 소로는 자연 속에서 통나무 집에 사는 동안의 기록을 담은 '월든' 이란 저서에서 충고한다. 제발 단순하게 살라. 약속도 두 가지 세 가지 하지 말고 한 가지로 줄이라고.

한쪽 귀퉁이에 앉아 그들의 화제에 끼어들지 못하고 나는 조용히 침묵할 뿐이다. 그들의 노는 물이 나와 너무나 다르다는 걸 확인할 수 있었다. 경제적 수준도 그렇고 취미 생활도 다르고 술도 즐기지 못하고... 학창 시절이나 나이 든 지금이나 크게 변하지 않는 나의 성품인 듯하다. 세상 돌아가는 물정에 너무 어두운 형광등으로 산다. 고등학교를 겨우 졸업하고 학비가 적게 든다는 이유만으로 서울 국립대학 독문학과 입시에 응시했지만 실패했다. 가정 형편상 재수할 생각은 못하고 말단 공무원 시험에 합격하여 사회생활의 첫출발이 이루어졌다. 벽지낙도의 면서기 생활을 잠깐 하다가 대학 행정을 담당하는 교무과에 근무하였고 제대 후 은행원으로 변신하였다. 난데없는 외환위기가 몰아닥쳐 53세에 금융계 구조조정에 물러나 지금까지 20여 년을 백수로 지냈다. 그 바람에 어린 시절의 꿈이었던 문학에 빠져 지낼 수 있었고 현재는 실버들을 상대로 사회복지관에서 10여 년 글쓰기 지도 강사로 봉사하고 있다. 내가 만약 정상적인 궤도를 달려 원하는 대학교에 진학하여 독일어 교사가 되거나 기업체에 취직하여 회사원으로 생활했다면 과연 더 나은 삶이 펼쳐졌을까. 비록 고졸 자격으로 홍안의 나이에 사회생활을 하며 주경야독으로 야간 대학을 다닌 것이 조금도 부끄럽지 않다. 한쪽 문이 닫히면 다른 쪽 문이 열린다는 말처럼 인생 여정에서 좌절하지 않고 성실하게 살아가는 자세가 성공을 향한 길임을 깨닫는다. 어찌 보면 인생은 참으로 신비한 일로 가득 차 있는 듯하다.

제3부
망월동

망월동

시월의 어느 멋진 날이란 노랫말처럼 2024년 시월은 한 강 작가의 노벨 문학상 소식이 전해져 최고의 멋진 날이 되었다. 해마다 이맘때면 언론에 오르내리는 스웨덴 한림원의 노벨상 발표가 남의 나라 일인 듯 멀게만 느껴졌는데 무슨 벼락처럼 다가 온 한국 작가의 문학상 소식에 처음엔 당사자도 그랬고 우리 국민들도 긴가민가했다. 우리의 K- 문화로 표현되는 한류 열풍이 마침내 문학계에도 불어와 지구촌을 떠들썩하게 한 요즈음이다. 스웨덴 당국에서 한강의 이름을 호명하며 수상작으로 선정 이유를 밝히는 심사평이 간략하면서도 정곡을 찌르는 표현에 공감하였다.

역사적 트라우마에 맞서고 인간 삶의 연약함을 폭로하는 강렬한 시적 산문.

호떡집 불난 것처럼 언론에서 한 강 작가를 조명하고 인터뷰를 요청하지만 당사자가 거절하였단다. 할 수 없이 장흥에 계신 한승원 아버지께 연락이 닿아 딸에 대한 수상소감을 대신하는 듯했다. 아버지로서 얼마나 기쁜지 덩실덩실 춤이라도 추고 싶었단다. 부녀간에 딸의 작품 세계나 인물평이 쉽지 않을 텐데 또박또박 한 강 작가의 이야기를 풀어내며 객관성을 잃지 않고 말씀해 주셨다. 무엇보다 딸이 초등학교 시절에 집에 안 보여 찾으러 나선 일이 있는데 못 찾고 돌아와 보니 딸이 캄캄

한 방에 누워 있는 걸 발견하고 꾸짖었더니 태연하게 한마디 하더란다.

혼자 내 방에서 공상하며 시간을 보냈는데 왜 안 되나요?

딸이 어려서부터 책 읽기를 좋아하고 공상에 잘 빠지는 이러한 아이였다는 사실이 이미 대작가로서 자질이 움트고 있지 않았나 싶다.

몇 년 전에 가족 모임이 있어 장흥에서 머물렀던 적이 있다. 바닷가 정자에 앉아 해풍도 맞고 군청에서 조성해 놓은 한승원 작가의 시비를 감상했다. 가까운 곳에 한승원 작가의 집필실이 있다는 생각에 이르러 동생의 차를 타고 방문해 보기로 했다. 어느 방향인지 정확히 알지 못해 헤매기도 했지만 도로변에서 조금 경사진 언덕에 자리하고 있었다. 살림집 같은 구조인데 인기척이 없어 문을 두드려봐도 작가를 만날 수 없어 허탕을 쳤다. 그래도 이곳이 장흥이 낳은 훌륭한 소설가의 시골집이라는 걸 확인해 보는 것으로 만족했다. 장흥군에선 이번 노벨상 수상이 이 지역의 자랑거리이고 홍보도 되는 만큼 축하 잔치를 벌이고 싶었지만, 딸이 세계가 전쟁으로 사람이 죽어가고 있는 판에 무슨 축하 잔치를 벌이느냐고 아버지께 극구 만류했다고 한다. 아마 노벨상의 의미를 되새기고자 하는 숙고에서 나오지 않았나 싶다.

한 강의 여러 작품 중 '소년이 온다'라는 소설이 내게 잊지 못할 그 날의 광주 민주항쟁을 떠올리게 한다. 노벨 문학상 선정 사유의 심사평 첫머리에 '역사적 트라우마'를 언급하는 부분이 이 작품과 제주 4.3 사건을 다룬 '작별하지 않는다'라는 소설인 듯하다. 두 소설의 주제가 국가가 저지른 폭력이 개인에게 어떠한 고통으로 다가오는지 의미를 생각케 하는 작품이기 때문이다.

1980년 5월에 내 고향 광주에서 난리가 일어나 통신과 교통이 두절된 엄중한 상황이 전개되었다. 하필이면 연로하신 아버지가 이러한 때

돌아가셨다. 형님의 친구분이 다행히 군부대 간부로 근무 중이어서 군사 비상 전화를 이용하여 서울에 재직 중인 직장으로 부음이 간신히 닿았다. 난리 통에 무수히 많은 시민이 우리나라 군인들에게 폭도라는 이름으로 희생당했다. 아버지는 직접적으로 군인들의 소행과는 무관하게 집안에서 노환으로 운명하셨다. 그렇다 해도 군 당국의 허가 없이 영구차도 움직일 수 없어 장례식도 함부로 치르지 못했다. 나는 부랴부랴 둘째를 임신한 아내와 여동생 두 명을 데리고 광주행을 서둘러야 했다. 직행 교통편이 안 된 탓에 전주까지 고속버스를 타고 다시 순창까지 일반버스를 갈아탔다. 날이 어두워 그곳에서 하룻밤을 묵고 이튿날 교통편이 닿지 않는 광주를 가기 위해 개인택시 기사와 두 배 이상의 비싼 요금을 조건으로 겨우 흥정을 끝냈다. 광주행 모든 차량이 통제된 상태이고 외부인의 출입이 금지당했다. 우리는 정상으로 난 도로는 갈 수 없어 택시 기사만 알고 있는 지리대로 산길 논두렁 길을 간첩 루트처럼 찾아다녔다. 부친상을 당했다는 사정이 통하여 택시 기사의 고마운 수고로 서광주 쪽의 변두리 외곽 지점에 후다닥 내려 주고 그는 황급히 산속 길로 되돌아갔다.

계엄령이 선포되고 아마 최초로 광주에 입성한 외부인이 된 우리는 완전무장한 군인들의 검문 검색을 거쳐야 했다. 외곽지대의 시내 진입로는 바리케이드를 치고 철저히 통제하는 가운데 우리는 부친상이란 이유로 겨우 통과시켜 주었다. 시내버스는 물론 택시와 오토바이도 운행이 멈추어 버린 적막한 시가지를 무등산 자락의 지산동까지 터벅터벅 걸어갈 수밖에 없었다. 무엇보다 임신 6개월째의 아내는 동네 가게를 겨우 발견하여 실내화 한 켤레를 구입하여 부르튼 발에 걸칠 수 있었다. 시내 풍경은 한바탕 난리가 지나간 뒤의 황량함이 느껴지고 시커

멓게 불에 탄 파출소 내부가 뼈대만 앙상했다. 쓰레기가 어지럽게 널려 있고 굳게 닫힌 상가라든지 도시의 민낯은 전쟁 뒤의 폐허를 보는 듯했다. 식당에서 무슨 요기를 한다든지 음료수도 살 수 없는 형편에 우리 일행은 기진맥진해 형님댁에 쓰러지듯 당도했다. 우리를 기다리느라 아직 관 뚜껑을 닫지 않은 채인 아버지의 싸늘한 시신 앞에 우리 형제는 눈물만 쏟아졌다.

미리 준비해 둔 망월동 장지에 아버지의 장례식을 무사히 치르고 바로 이웃한 5.18 묘역에 들렀다. 임시로 마련한 묘역엔 마침 희생자들의 합동 장례식이 진행되고 있었다. 가족이나 연고자들의 모습은 거의 보이지 않은 채 베니아 판으로 뚜껑도 제대로 닫지 않은 관들이 구덩이 속으로 한 명 한 명 묻히고 관련 시청 공무원과 스님 한 명이 목탁을 두드리며 영령을 위로할 때 앞산의 뻐꾸기 울음소리만 화답하는 듯했다. 하관 작업을 하는데 일손이 모자라 우리 아버지의 조문객들이 팔을 걷어붙이고 함께 도와주었다.

한 강 작가는 책에서 마지막으로 묻는다.

인간은 근본적으로 잔인한 존재인가 하고. 그걸 쏘아보낸 총구를 생각해 / 차디찬 방아쇠를 생각해 / 그걸 당긴 따뜻한 손가락을 생각해 / 나를 조준한 눈을 생각해 / 쏘라고 명령한 사람의 눈을 생각해

(한강의 소설.소년이 온다. 본문 중 시 일부)

기호식품

　도봉산에서 흘러나오는 계곡물에 발을 담그고 아파트 생활의 답답함을 잠시 잊는다. 피라미 떼들이 몰려 와 발가락을 쪼아대니 간지러워도 기분이 좋다. 물가에 앉아 동네 아저씨 두 명이 담배를 피워 물고 막걸리를 주거니 받거니 한가롭다. 아마 술 안주가 담배 연기인 듯 아주 여유 있게 조용한 목소리로 담소를 나눈다. 마음에 맞는 술벗끼리 아주 멋있는 모습이다.

　인류가 발명해 낸 최고의 기호식품은 아마도 술과 담배, 차와 커피가 아닐까 싶다. 우리나라가 술과 커피의 소비량이 세계 상위권을 달린다고 한다. 더구나 커피는 대부분 하루도 빠뜨릴 수 없는 국민 음료가 된 듯 길거리마다 카페가 계속 늘어 나는 실정이다. 전문가들의 견해도 커피가 몸에 좋다느니 나쁘다니 견해가 엇갈린다. 호주머니가 얇은 샐러리맨들이 점심시간 때면 커피를 테익 아웃해 보약인 듯 홀짝거리며 지나간다.

　프리츠 오르트만이 쓴 '럼주차' 란 소설에서 주인공 남자는 럼주차를 지나치게 좋아 한다. 럼주차는 차에 독한 술인 럼주를 곁들인 기호식품이다. 어느 날 이웃 마을에 사는 동생에게 미국에서 소포가 배달되었다는 소식을 아내에게 듣는다. 그 안에 질 좋은 담배와 커피, 차가 들어 있다는 말에 그는 집을 나선다. 동생네에 가기 위해선 모래톱이 있는 바다 갯벌을 지나가야 한다. 일정한 시간에 밀물과 썰물이 오가며 마른 모래톱이 드러나기도 하고 사라지기도 한다. 그러한 짧은 시간을 이용해야 하는 만큼 시간을 맞추지 못하면 사고가 날 수 있어 조심해야 한다.

그는 동생의 아내로부터 담배와 차, 커피를 조금 얻어 오지만 럼주차 생각이 너무나 간절했다. 제수씨는 거짓말로 집안에 럼주가 없다고 내놓지 않으니 그는 어서 집으로 돌아가 아내가 만들어 주는 럼주차를 마셔야겠다는 생각뿐이었다. 동생의 자전거를 빌려 타고 제방까지 달려오는 도중에 그만 타이어가 펑크 나 버린다. 그래도 서두르면 밀물이 되기 전에 집에 도착할 것이라 여기고 모래톱 길에 발을 들여놓는다. 얼마 지나지 않아 밀물이 철썩철썩 그의 몸 위로 차오르기 시작한다. 그는 다행히 보통 사람보다 다리가 길고 큰 키라서 물이 가슴까지 차올랐지만 그를 완전히 삼키지는 못했다. 다시 썰물이 될 때까지 그는 담배를 피워 물며 가까스로 버틴다. 하늘엔 반달이 떠서 그를 바라보자 한마디 농담을 건넨다. 그래, 너는 위에 있어 좋겠다.

그의 아내와 동생 부부는 그가 무리하게 바다를 건너오다가 익사한 것으로 여기고 불길한 생각과 슬픔에 잠겨 어쩔 줄 모른다. 새벽녘에 마당에 들어서는 남편을 보고 아내는 무슨 유령인가 싶었지만 너무도 기쁜 나머지 얼른 따끈한 럼주차를 준비해 온다. 그는 이처럼 기가 막힌 럼주차를 마시며 하늘에 뜬 달을 향해 건배를 외친다.

건강 정보에서 가장 귀에 딱지가 앉을 정도로 많이 듣는 것은 금연과 과음에 대한 경고가 아닐 수 없다. 그런데도 사람들은 여전히 담배와 술을 포기하지 못한다. 음식점에서 어떤 여자 두 분이 앉아 아무렇지 않게 소주를 서너 병쯤 거뜬히 비운다. 길거리를 지나다 보면 남자들만 모여서 연기를 뿜어대는 게 아니라 젊은 여자들도 함께 어울려 자연스레 흡연을 즐긴다. 어떤 분은 전자 담배를 멋지게 피우며 사무실에서 받은 스트레스를 다 날려 보내기라도 하는 걸까. 흡연을 즐기는 사람들이 눈총의 대상이 되기도 하지만 그들의 입장에서 정신적 위안이 된다는 점을 이해하여 주어야 맞을 것도 같다. 내가 사는 아파트에서 가장 괴로운 일은 아래층에서 담배 연기를 계속 뿜어대니 베란다 문을 열면 어김없이 새어든다. 관리사무소에서 수시로 금연 방송을 하거나 엘리베이터 벽면에 부탁 말씀을 써 붙여도 마이동풍이 된다. 공동주택에서 이웃에 대한 예의가 전혀 없으니 얼마나 대단한 배짱인지 놀랍기만 하다. 무슨 화를 당할까 봐 주민이나 관리사무소도 직접 항의할 수도 없는 노릇이다.

나는 처음부터 담배를 배우지 못해 피우지 않지만 술은 반주로 꾸준히 마시는 편이다. 그렇다고 독한 술은 안 마시고 막걸리나 맥주 정도 한두 잔이면 그만이다. 아내는 커피만 즐길 뿐 술은 입가에도 대지 않으니 내가 조금씩 마시는 것도 못 마땅해 한다. 이번에 둘째 형님이 젊은 시절부터 애주가인 탓에 결국 간암으로 투병하시다가 위독한 지경에 이르렀다. 언젠가 형님과 산행하고 내려오면서 단골집에 들려 돼지머리 고기에 막걸리 한잔을 시원하게 들이키고 아주 기분이 좋았던 추억이 떠오른다.

사람은 떡만으로 살 수 없고 하나님의 입으로부터 나오는 모든 말씀으로 살아야 하는 존재임을 성경은 명확히 기록하고 있다. 또한 사람은 밥만 먹고 살 수 있는 존재가 아니라 기호식품 없이 살지 못하는 것 같다. 주변에서 밥보다도 커피가 더 좋다는 사람도 만난다. 지인 중 어떤 아주머니는 자기 남편이 어찌나 술과 담배를 즐기는지 3순위가 마누라라고 얘기해 불평을 털어놓았다.

지나치게 기호식품에 빠지는 것이 차라리 마약 중독으로 인생이 망가지는 것보다 훨씬 나아 보인다. 우리나라도 이제 마약 청정국을 넘어 청소년에 이르기까지 광범위하게 퍼져 있다는 게 우려스럽기 짝이 없는 현실이다. 최근 독일에선 18세에서 24세에 이르는 젊은이 4명 중 1명이 대마초를 경험했을 정도로 대중화된 마당에 이를 합법화 시킨다는 소식이 캐나다에 이어 전해지고 있다.

건강의 소중함을 강조하면서도 우리는 기호식품의 유혹을 이겨내기란 왜 그리 어려운지 모른다. 결국 자기와의 싸움이 필요할 뿐이다. 어찌 보면 인간본성이 기호식품에서 멀어질 수 없게 한다. 투명한 글라스에 찰랑거리는 한 잔의 포도주야말로 어찌할 수 없는 인생의 낭만일 것이다.

취향저격

코로나 펜데믹 상황에 이웃나라 일본에서 올림픽이 열릴지 말지 긴가민가 했는데 결국 강행이 되었다. 집콕생활로 따분한 시간을 보내는 지구촌 가족에게 도쿄 올림픽을 안방에서 시청할 수 있다는 게 어디인가. 우리나라의 양궁선수들이 남녀 모두가 금메달 시상대에 올라설 때 가슴이 뭉클하고 자랑스럽다. 그들이 저 자리에 서기까지 얼마나 지옥 훈련을 거듭하고 인고의 시간을 보냈는지 모른다. 17년 만에 두 번째 올림픽에 도전하여 은메달을 딴 유도 선수(조구함)는 무릎에 연골이 다 닳아져 없어지는 고통을 이겨냈다고 한다. 세계 체조 여왕인 시몬 바일스(미국. 24세)는 금메달 4관왕을 차지할 정도로 대단한 선수였지만 이번 대회에서 출전을 포기했다. 그녀가 고백한 인터뷰 내용에 올림픽 스타의 영광 뒤에 숨은 눈물이 느껴진다. 다시 대회 기간에 마음을 바꾼 그녀는 출전하여 동메달에 그쳤다.

- 나는 떨기만 했고 낮잠도 제대로 잘 수 없었다. 우리는 우리 자신에게 집중해야 한다. 왜냐하면 결국은 우리도 인간이기 때문이다. 우리는 그냥 나가서 세상이 우리에게 원하는 것을 하기보다 우리의 마음과 몸을 보호해야 한다.

타인의 시선에 부응하기보다 자신의 자유를 더 중요시하는 선택이 행복임을 시몬 바일스는 분명히 밝힌 것 같다. 개인은 누구나 자신의 취향대로 살아가야 하고 그러한 자유를 존중받는 취향저격趣向狙擊시대를 맞이했다. 어떤 선택의 이유를 물었을 때 다른 해명이 필요 없다. 불필요한 외부의 간섭을 무력화시키는 최고의 무기이면서 삶의 주체성을 지켜내는 최후의 보루인 셈이다. 우리가 느끼는 삶의 불행은 타인의 시선이라는 감옥에 기인한다. 정답과 모범을 찾는 간섭 시대로부터의 탈출이다.

영화를 즐겨 보면서도 전쟁이나 폭력, 공포, 추리물 등은 피하고 사랑이나 가족애, 자연 다큐, 서정적인 내용을 담은 작품에 끌린다. 스포츠도 골프나 야구, 권투, 레슬링, 태권도, 유도보다는 축구나 탁구, 수영, 농구, 배구, 마라톤 등이 더 시선을 당긴다. 손자들도 야구를 즐기는데 나는 경기규칙도 잘 모를뿐더러 흥미도 없으니 대화하기도 힘들어진다. 그렇다고 좋아하지 않는 걸 억지로 관심을 가진 척 접근하기도 싫다. 요즘 같은 코로나 상황에서 내게 답답한 마음을 풀어주는 '텔레비전의 테마 기행, 사극 드라마, 문화 산책, 동물의 세계, 나는 자연인이다, 세상에 이런 일이' 하는 등의 프로가 퍽 유익하게 여겨진다.

인생 2막을 시작한 지인은 주말농장에서 10여 년을 돈벌이 없이 투자만 열심히 하고 취향저격으로 살았다. 비닐하우스를 짓고 그 안에 온갖 화초와 나무 분재를 직접 가꾸어 진열해 두었다. 닭과 온갖 희귀새를 기르고 진돗개도 키우며 보살폈다. 울타리 주변엔 으아리꽃이나 모과나무, 목련 등 수목도 다양했다. 그는 매일 출근하다시피 차로 한 시간가량 걸리는 거리를 피곤한 줄도 모르고 땀을 쏟고 정성을 다했다. 자신이 기른 닭들을 사랑스런 마음에 요리해 먹지도 못하고 이웃들에게 나누어 주는 인심을 베풀었다. 그는 평생 낮은 직급의 직장생활을 하는 동안 갑을 관계에서 스트레스를 받았지만 항상 반항 한 번 못한 채 머리 숙이며 지낸 생활에 한이 맺혔다. 동식물들을 이렇듯 취미로 기르고 사랑을 쏟는 생활에 스스로 치유 받는 느낌이었다. 가족들로부터 수익창출은 없이 그저 취미생활만 하는 모습에 불만도 많았지만 아랑곳하지 않았다.

얼마 전 '세상에 이런 일이' 하는 텔레비전 프로에 소개된 내용이 대단하지 않을 수 없다. 인테리어 업자인 40대 중반의 가장이 외발자전거에 미치다시피하여 4년 동안 집중한 결과 마침내 서커스 수준의 산악자전거 선수가 됐다. 고객에게 주문받은 일거리는 가능한 후다닥 해치우고 시간만 되면 외발자전거 타기에 매달린다. 남들은 왜 저리 위험한 산악자전거 타기를 하느라 사서 고생한다고 수군거리지만 자신의 이런 취미생활이 너무나 즐겁고 재미난 탓에 결코 그만둘 수 없다고 한다. 완전한 그의 취향저격 앞에 가족들도 더이상 말릴 형편이 못 되었다. 아직 어린 자녀들을 두고 있는데 밥상머리에서 아내는 불안한 마음을 드러낸다. 혹시나 무슨 사고라도 나면 어찌할 것인지 염려하지만 그는 염두에 두지 않는듯하다. 그의 꿈은 전국에 있는 산은 물론 백두산까지 외발자전거로 정상까지 오르겠다는 다부진 포부를 밝힌다.

최근에 전해진 뉴스에 열 손가락이 잘려 나간 장애인 출신의 산악인이 히말라야 14좌중 마지막 고봉을 오르고 하산하다가 크레바스에 추락사한 사고를 당해 국민들의 마음을 안타깝게 했다. 그동안 얼마나 많은 산 사나이들이 히말라야 등정의 위업을 달성하기 위해 도전장을 내밀고 목숨을 잃었는지 모른다. 비록 그들은 히말라야 설산의 품에 안겨 눈을 감았지만 꼭 하고 싶은 일을 끝까지 했기에 후회하지 않으리라 싶다. 자기의 열정을 바쳐 좋아하는 일에 몰입하는 삶이 얼마나 가치 있고 행복할 수 있는지 보여 주고 있는 듯하다.

나의 글쓰기는 문학에 대한 짝사랑에서 비롯된다. 초등학교 시절부터 일기를 쓰고 책을 읽고 사색하는 습관이 문인의 길로 나를 인도했다.

문단에 시인과 수필가로 정식 등단한 이후 꾸준한 나의 취향저격은 다수의 시집과 수필집을 발간하게 했다. 현실을 벗어나 떠돌이 의식을 지닌 탓에 여행을 소재로 한 시와 수필이 대부분을 이룬다. 발표된 나의 작품에 대해 어떤 비평가의 제대로 된 평을 아직 받아보진 못했지만 주변의 독자들이 좋은 반응을 보여 주는 것으로 만족한다. 코로나 펜데믹으로 여행이 자유롭지 못한 상황에서 나의 기행수필을 펼쳐 보는 것으로 위안을 삼는다. 눈을 감으면 러시아의 시원한 바이칼 호수가 다시 오란 듯 넘실거린다.

시베리아 언덕에 올라
나는 눈이 시리도록 푸른
바이칼 호수를 가슴에 담았다

이제 죽어도 된다.

(졸시. 바이칼 유서 전문)

미워한다는 것

　인간의 마음은 언제나 신비의 영역이다. 우주의 비밀을 아무리 과학적으로 분석한들 이해가 안 되는 부분은 남아 있기 마련이다. 태양계에 살고있는 지구상 인류는 광활한 우주의 다른 세상을 상상하기 어렵다. 마음이란 우주에 미움이라는 나쁜(?) 감정과 고귀한 사랑이라는 감정이 함께 존재한다. 대인관계에서 '원수를 사랑하라' 는 기독교의 차원 높은 가르침은 가장 실천하기 힘든 영역이 아닐 수 없다.

　홍성남 신부(가톨릭 영성 심리 상담소장)가 올린 신문 칼럼에 공감되는 부분을 대충 요약하면 이러하다.

　미움은 감정이다. 감정은 몸의 근육과 마찬가지로 마음의 근육이다. 나쁜 감정이 아니라 불편한 감정일 뿐이다. 이는 신체 부위가 불편하고 없애지 않은 것처럼 마음 역시 제거할 수 없다. 미운 감정을 억압하게 되면 여러 신체적 질병에 시달린다. 미움이란 감정이 사라지면 사랑이란 감정도 사라진다. 미움과 사랑은 한 몸이기 때문이다. 영성심리에선 미움이 많다는 것은 사랑할 가능성도 많은 것이라고 여긴다. 결국 미움은 없애야 하는 것이 아니라 해소해야 하는 것이다. 음식을 먹으면 배설물이 생기듯 미움 역시 사람들과 함께 사는 동안엔 늘 생기는 것이다. 잘 해소하며 사는 게 현명하다.

　홍 신부는 신앙생활에서도 사랑에 대한 강박관념에 너무 자신을 괴롭

히지 말고 미우면 미운대로 마음의 자유를 허락하라는 것이다. 사람을 대하다 보면 특정인에 대해 괜히 보기도 싫고 미운 감정이 앞서는 경우가 있다. 이상하게 그런 사이일수록 잘 마주치는 곤란한 상황에 부딪힌다. 그냥 냉정하게 돌아서면 그만일 수 있지만 어색하더라도 용기를 내 화해를 하고 나면 그렇게 마음이 편할 수 없다. 짧은 인생길에서 사랑할 시간도 없는데 미워할 시간이 어디 있느냐하는 사람을 보면 정말 우러러볼 만한 훌륭한 인격의 소유자라 할 수 있다.

성경에선 살인하지 말라는 가르침의 수준이 실제 살인에 이르지 않더라도 누군가를 속으로 미워한다면 그 자체로 살인죄에 해당된다. 사실 마음속에 품고 있던 미운 감정아 밖으로 표출되면 현실적인 살인에 이르는 걸 실제로 목격한다. 심리적으로 문제가 있는 사람이 일면식도 없는 사람들을 상대로 묻지마 범죄를 저지르는 사건이 수시로 뉴스에 나온다. 최근에도 순천에서 17세 여고생이 친구를 바래다주고 집으로 돌아오는 길에 느닷없이 30대 술 취한 청년이 품고 있던 칼을 휘둘러 끔찍한 살인을 저질렀다. 지방에 있는 경로당 할머니 한 분이 사소한 앙심을 품고 이웃 할머니들에게 농약을 섞은 커피를 몰래 마시게 하여 몇 분이 죽거나 쓰러진 사건도 있었다. 외국에서 자주 일어나는 총기 사건도 범행동기가 거의 내면에 감춘 증오의 감정이 폭발한 것으로 밝혀졌다.

셰익스피어의 로미오와 줄리엣도 하필이면 두 원수 집안의 남녀가 만났기에 사랑의 아름다운 결실을 맺지 못하고 슬픈 비극으로 끝났다. 사이 좋은 이웃으로 지내지 못하여 귀한 아들 딸을 잃은 양가의 슬픔이 어떠했을까. 청춘기에 좋아하는 이성이 있으면 마음이 두근거리고 갑자기 상대방 앞에서 바보가 돼버리는 듯한 경험이 있다. 슈베르트의 '아름다운 물레방앗간 처녀' 라는 가곡도 가슴 아픈 스토리가 아닐 수 없다.

한 청년이 물레방앗간 처녀가 마음에 들어 일부러 그 집에 취직을 한다. 일할 때도 오직 주인집 처녀의 환심을 사기 위해 노력한다. 처녀는 가끔 청년에게 좋아하는 마음을 내비추는 듯싶어 애만 태우던 중 어느 날 사냥꾼이 그 마을에 나타났다. 그러더니 그가 어떻게 아가씨의 마음을 훔쳤는지 그녀가 사냥꾼의 가슴에 안기는 걸 목격한다. 청년은 너무나 절망에 빠진 나머지 그만 강물에 투신하고 만다.

부모가 여러 형제중 어느 자식을 편애하는 경우가 있다. 그럴 경우에 미움받는 자녀는 큰 상처를 받기 마련이다. 지인 중에 딸이 두 명 있는데 큰딸을 무척 미워했다. 작은 딸에 비해 공부도 못 하고 눈치도 없어 자주 꾸짖고 하는 탓에 딸이 항상 주눅이 들어 있었다. 결국 큰 딸은 대학도 못 가고 시름시름 앓다가 세상을 뜨고 말았다. 성경에 보면 가인과 아벨 이야기도 하나님이 동생인 아벨의 제사는 받아 주고 가인의 제사는 받아 주지 않았다. 화가 난 형은 동생을 시기해 인류 최초의 살인자가 되고 만다, 형제 중 한 명이 미움을 받을 때 그가 반항하는 성격도 있고 그냥 순종하고 마는 내성적인 경우가 있다. 어떤 선택을 하느냐에 따라 행복과 불행의 갈림길에 서게 된다.

작은 나라에 살면서 지역감정을 불러일으키는 것도 아주 잘못된 일이 아닐 수 없다. 합리적인 판단 없이 막연히 다른 지역 사람을 무조건 싫다는 확증편향을 경계해야 한다. 가까운 처조카가 남친을 만나 사랑에 빠졌지만 결혼하기까지 무려 10년 세월이 걸렸다. 남친의 부모가 경상도 분인데 여친은 전라도 출신이라는 이유로 결혼을 극구 반대했다. 결국 하늘이 도왔는지 남친의 부모가 10년 만에 별세하는 기적(?)이 일어나 둘은 마침내 결혼식을 올리고 결합될 수 있었다. 이스라엘과 중동지역의 나라간에 계속되는 전쟁도 종교적 이유도 있겠지만 국가 간의 오랜

갈등이 문제인듯하다. 이상하게 이웃 나라와 사이좋게 지내기가 쉽지 않은 것 같다. 우리나라도 고통스런 일본의 식민지 지배를 받게 된 악감정이 국민 사이에 세월이 흘러도 그리 쉽게 사라지지 않는다.

개인이든 사회와 국가이든 미움은 쉬지 않고 일어난다. 그러한 미움을 어떻게 슬기롭게 다스리고 해소할 지가 고민이 아닐 수 없다. 미움이 많으면 그만큼 사랑의 가능성도 많다는 것을 믿어 볼 수밖에 없는 걸까.

관계의 미학

　사람이 한 세상 사는 동안 가장 힘든 일 중의 하나는 공동체 생활에서 원만한 대인 관계를 맺고 잘 사는 일이 아닐까 싶다. 시골집에 살 때 낡은 대문이 잘 닫히지 않아 삐걱거리는 소리가 많이 나고 억지로 잡아당겨야 아귀가 맞는다. 사람과 사람 사이의 마음의 문도 자칫 잘못하면 삐그덕거리기 마련이다. 어쩌면 교통사고 예방을 위하여 앞차와의 적당한 거리 유지가 필수이듯이 사람 사이도 안전거리 확보가 이루어져야 한다.

　어느 모임에서 중년 아줌마가 자기는 시금치를 안 먹는다고 한다. 이유는 시어머니의 '시' 자가 들어가기 때문이라고 했다. 그만큼 고부 관계가 삐걱거린다는 우스갯소리다. 요즘 시대는 덜 하지만 구세대의 시집살이는 고추보다 더 매운 당초 맛이었다고 고갤 흔든다. 부부 사이도 젊은 시절에 서로 바빠서 잘 모르다가 은퇴 후 함께 있는 둘만의 시간이 길어지니 잔소리가 늘어나고 삐걱거리게 된다. 지인 중에 남편이 재활용 쓰레기를 버리고 와서 마땅히 화장실에 가서 손을 씻어야 하는데 싱크대에 와서 꼭 손을 닦는 일에 신경이 거슬린다고 한다. 남편 입장은 아무 데서나 편하게 닦으면 됐지 꼭 화장실로 들어가서 닦으란 법은 없다고 하고 아내 입장에선 위생상 싱크대와 화장실을 엄연히 구분해야 맞는데 귀담아듣지 않는단다. 부부간에 불화가 생기는 일은 일상에서 아주 사소한 습관 때문이지만 어느 한 편이 쉽게 고집을 꺾기는 어렵다. 나

같은 경우는 마음이 연약하여 큰 소릴 못 치고 아내의 거슬리는 행동도 그냥 참고 마는 편이다.

일본의 소설가인 와타나베 준이치는 그의 저서 '나는 둔감하게 살기로 했다'에서 대인관계에서 예민하게 반응하는 것보다 둔감하게 반응할 것을 조언한다. 그것이 초조해하지 않고 나답게 사는 법이라고 한다. 구시렁구시렁하는 상대방의 잔소리에도 대충 흘려넘기거나 훌훌 털어버리는 사람은 스트레스를 덜 받는다. 요컨대 남에게 안 좋은 소리를 들어도 깊이 고민하지 않고 뒤돌아서자마자 잊는 사람은 건강하다고 한다. 좋은 의미의 둔감함이 마음을 안정시키고 나아가 혈액 순환도 원활하게 유지시켜 준다는 것이다. 다시 말해 원만한 관계를 유지할 수 있는 둔감한 마음은 신이 주신 최고의 재능이라고 여긴다.

내가 직장생활을 벗어나 가장 좋은 점은 사람을 상대하는 피곤함에서 벗어나 자유함을 얻었다는 점이다. 상사로서 말썽 피우는 직원들의 관리도 그렇고 고객들에게 민원이 들어오면 전전긍긍하며 해결해야 하는 수고를 하지 않아도 되니 얼마나 마음이 편한지 모르겠다. 요즘은 사람 상대하기가 귀찮은 건지 경비 절약 차원인지 어느 기관이나 기업체도 ARS(자동응답장치)를 거쳐야 하니 다소 삭막한 느낌이 들 때가 많다.

지난 국가의 외환 위기를 맞이하여 53세에 직장에서 물러나야 하는 충격은 컸지만 지금까지 잘 버티며 살아온 게 기적처럼 여겨진다. 문단 활동과 함께 사회복지관에서 글쓰기 강사로 봉사한 경력이 아마 내 인생의 마지막 보람으로 채워지고 있는듯하다. 시니어들을 상대로 수필 쓰기 강좌를 진행하는 동안 수많은 어르신들을 만났다. 3개월 단위의 분기별 강의 기간이지만 거의 졸업은 없고 1년 이상 계속되는 수업이다. 어떤 수강생은 10년이 지난 지금까지 처음 만나서 그대로 계속 강의에 참여하고 있다. 그동안 수필 문단에 등단시켜 어엿한 작가로 활동하는 여러 명의 문하생을 배출했다. 그들 가운데 내게 안부를 전하거나 정감을 느끼게 하는 어르신은 손에 꼽을 듯하다. 가장 서운한 것은 내가 아끼고 관심을 가졌던 분이 무슨 오해를 했는지 소식을 뚝 끊어 버리고 외면하는 모습이 아닐 수 없다. 나의 부족함을 스스로 탓하기도 하지만 가끔 입맛이 씁쓸해진다. 스승과 제자의 관계에서도 서로의 마음을 통하기가 어렵다. 다른 분야도 그렇다고 여기지만 글쓰기의 요령이나 기교를 배우고 작가가 되기 전에 인격이 먼저라는 생각이 든다.

　사람들을 많이 상대해야 하는 교회의 목사라는 자리도 스트레스를 많이 받을 것 같다. 아무리 참된 믿음을 강조하지만 교인 중에는 말썽을 피우는 사람이 있기 마련이다. 평생 신앙생활을 했다는 분도 세상 사람의 논리대로 목사님을 비판한다. 왜 내게 좀 더 관심을 보여주지 않는지 불만을 품은 채 교회를 떠나버리기도 한다. 교회 밖의 사람들 사이는 싫어지거나 오해가 깊어지면 더는 신경 쓰지 않고 내버려 두면 그만이다. 그러나 교회는 불화가 있으면 먼저 손을 내밀고 화해를 하라는 게 성경의 가르침을 따르는 일이다. 기독교의 근본 교리가 사랑이기 때문에 원수마저 사랑할 것을 요구한다. 원수 갚는 것은 하나님의 마지막 심판에 맡기고 너희는 오직 사랑하라는 차원 높은 경지이다. 세상에선 억울한 일이 생기면 사적 제재가 이루어지기도 한다. 물론 현대의 법치국가에선 개인이나 집단의 그러한 행동은 범죄행위로 간주되고 엄격히 처벌받는다. 끝없는 보복의 악순환을 벗어나기 위해선 오직 용서와 사랑이라는 명약을 처방받는 수밖에 없다.

　녹음이 짙어가는 산야엔 싱그러운 바람이 들락거린다. 숲을 바라보면 큰 나무와 작은 나무, 어떤 종류의 식물이든 서로 보듬고 오순도순 화목한 모습이다. 사람들 사이에 부대끼고 상처 난 마음은 어느새 사라지고 숲은 아늑한 피난처가 되어 준다.

카미유 끌로델

산책 중에 한 사나이가 핏빛 저녁노을을 바라보다 말고 두 손으로 귀를 막으며 절규한다. 그에게 어떤 두려움과 불안이 엄습하였기에 그토록 소스라친 표정으로 외마디 비명을 지르는 것일까. 뭉크의 명화를 감상하며 문득 정신병원에서 30년을 보낸 비극의 조각가인 카미유 끌로델 (1864년-1943년)을 생각게 한다. 아무도 귀 기울이지 않은 그녀의 절규는 가슴을 저리게 한다.

카미유가 가장 사랑하는 남동생인 폴에게 보낸 편지를 읽어 보면 병원 생활의 열악한 실상이 그대로 드러난다.

– 이 모든 비명, 노랫소리, 머리가 깨질 것 같은 고함소리가 아침부터 저녁까지, 또 저녁부터 아침까지 이어지고 있어 얼마나 불쾌하고 해로운 존재들이면 부모들도 포기해 버렸겠니. 그러니 나보고 어떻게 이들을 견디라는거야? 이런 난장판에서 어떤 상황들이 생겨나는지는 굳이 말하지 않겠어. 하지만 이 인간들, 실실 웃다가 어느새 또 거짓 눈물을 흘리는 이 인간들. 이렇게 저렇게 마구잡이로 엮어 들어가 도저히 끝이 안 보이는 이야기를 늘어놓는 이 인간들 정말! 이런 혼란의 한가운데 산다는 것은 정말이지 고통스러운 일이야. 수중에 있기만 하다면 10만 프랑을 주고서라도 당장 벗어나고 싶은 심정이야. 여긴 내가 있을 곳이 아니야. 나는 여기서 나가야 해. 이렇게 산 지 오늘로 14년이 되었구나.

그녀는 유일한 재정적 후원자인 동생에게 하소연을 하면서 간절하게 정신병원을 빠져나가고 싶어 한다. 그러면서 다시 한번 절규한다.

　- 내가 바라는 건 오로지 여기서 나가는 것 뿐이란다. 이곳에 있는
한 뭐가 어떻게 달라져도 나는 행복할 수 없어. 이곳에서 가능한 행복이
란 존재하지 않아.

　해외에 나가 근무하고 있는 동생을 설득하여 병원을 벗어나고 싶어
하지만 뜻대로 되지 않았다. 자신을 미워하던 어머니와 올케에게 사정
을 얘기하여 설득하고 싶었지만 면회조차 오지 않는다. 카미유는 1남 2
녀중 장녀로 태어났지만 어머니가 아들만 편애하고 그녀의 예술적 재능
도 싫어했다. 여자가 진흙을 만지고 조각에 관심을 갖는 걸 이해하지 못
했다. 아버지는 어머니와 다르게 딸의 재능을 인정해 주고 로댕의 제자
가 되는 걸 허락했다. 그녀와 가장 마음이 잘 통하고 사이좋게 지낸 두
살 터울의 남동생이 있다는 게 얼마나 다행인지 몰랐다. 폴은 누나가 로
댕의 제자가 되는 걸 처음부터 반대하였지만 조각가로서 꿈을 이루고
자하는 열정을 어쩌지 못했다. 그는 카톨릭 신자로 신실한 믿음도 지녔
고 시인의 꿈도 이루어내고 유능한 프랑스 대사로 해외근무를 하는 등
큰 인물로 성장하였다.누나가 힘든 상황에 있을 때 최대한 심적 물적 지
원을 아끼지 않았다. 누나가 로댕의 제자로 들어가 모델 역할도 하고 작
품에 공동작업도 하면서 가까워진 두 사람은 결국 연인관계로 발전하였
다. 이때 카미유의 나이는 한창 꽃다운 청춘인 19세, 로댕은 이미 사실
혼 관계에 있는 유부남으로 49세 고령이었다. 30년의 연령차이를 극복
하고 사랑에 빠진 둘의 관계는 카미유로선 치명적이 아닐 수 없었다. 처
음엔 스승에게 영향을 받았지만 점점 자신의 독창성을 발휘하고 차별화
된 작품을 만들면서 로댕의 시기와 질투를 받았다. 그는 카미유가 작품
전시회를 열고 사람들의 인정을 받는 걸 원치 않았다. 어쩌면 그녀의 작
품 활동을 원천적으로 봉쇄코자 했다. 카미유의 명작에 대해 사람들은

스승의 작품을 모방한 것이라고 비하했다. 여기에 심한 스트레스를 받은 그녀는 항의하거나 비정상적 행동이 따른 탓인지 가족들에 의해 정신병원에 강제 입원을 당했다. 카미유가 조각가로서 제대로 인정을 받았더라면 후원자들에게 작품이 많이 팔리고 경제적 여유도 누렸을텐데 그러하지 못한 것도 주된 스트레스의 원인이 되었을 것이다.

유명 예술가들도 작품에만 전념할 수 있으려면 부인이 매니저 활동을 담당하여 작가는 작품 외적인 일에 신경을 쓰지 않을 환경이 우선이다. 불행히도 카미유는 작품 생산은 물론 홍보나 판매 등 모든 걸 혼자 감당해야 했기 때문에 언제나 작품 재료를 구입한다든지 전시회장을 섭외하는 일 등 무척 피곤한 생활을 해야 했다. 더구나 로댕이란 큰 나무 밑에서 독립적으로 생존하기란 당시의 여건에서 바위에 계란 치기였다. 재정적으로 어려울 때마다 동생에게 지원 요청을 했지만 그는 직장인으로서 한계에 부딪혀 더이상 어찌할 수 없는 안타까운 심정이었을 것이다. 반 고흐의 동생 테오는 끝까지 형의 후원자가 되어 주었으니 얼마나 대단한 존재인지 모르겠다.

나의 바로 아래 남동생은 가정형편으로 중학교도 진학하지 못한 채 스트레스 때문인지 조현병을 앓게 되었다. 그 때 의사의 진단은 강박관념에 의한 정신병 증세라고 했다. 가난하여 큰 병원에 가지 못하니 제대로 된 치료도 받지 못하고 산골에 있는 무허가 기도원에 억지로 입원시켰다. 집안에서 함께 지낼 수 없을 만큼 말썽을 피우고 통제불능인 탓에 부득이한 조치로 여겨졌다. 부모로부터 버림 받은거나 마찬가지로 감금 상태인 기도원에서 학대를 받고 거의 굶주린 채 죽음을 맞이한 동생이었다. 나중에 들은 얘기지만 막내 동생이 형을 면회갔을 때 애절한 눈빛으로 속삭이더라고 했다. 제발 이곳에서 나를 내보내 주세요.

카미유도 완전한 정신이상이 아니고 사리분별이 가능한 상태에서 불결하고 횡설수설하는 병자들 사이에서 지옥 같은 나날을 보내야 했다. 다만 바라는 것은 어서 정신병동을 빠져나와 자유로운 삶을 찾고자 열망했지만 가족도 사회도 그녀를 외면했다. 어찌보면 그곳에 생매장당한 목숨이 되었다. 자신의 젊음과 조각가의 재능을 모두 앗아가버린 로댕도 그녀를 못 본 체했다. 로댕의 유명한 작품인 '생각하는 사람' 은 무엇을 깊이 생각하느라 손에 턱을 괴고 앉아 있는지 모르겠다. 한때 뜨겁게 사랑하던 연인이자 제자를 향해 끝내 손을 내밀지 않고 내동댕이친 비인간적 행위가 실망스럽게 여겨진다. 로댕이 카미유에게 보낸 편지에서 얼마나 그녀에 대한 사랑에 빠져 있었는지 진정성마저 의심스럽다할까.

– 나는 더 이상 견딜 수 없다. 너를 보지 않고선 하루도 지낼 수 없다. 너를 보지 못하면 끔찍한 광기가 시작된다. 끝났다. 나는 더이상 작업을 하지 않는다. 너는 사악한 신. 그러나 나는 열렬히 너를 사랑한다.

당대 최고의 조각가인 로댕이 천재적인 카미유를 진심으로 아끼고 사랑했다면 그녀의 성장을 왜 도와주지 못했는지 아쉽다. 부부가 서로를 인정해 주고 함께 성장해 나가도록 배려함이 참다운 사랑의 길이 아니랴. 카미유의 '중년' 이란 조각상 중에 한 여인이 무릎 꿇고 앉아 남자의 손가락 끝을 잡으며 애원하는듯한 모습이 자신의 자화상처럼 가슴을 아프게 한다. 아마 로댕을 향한 사랑에 그토록 매달려 있는 자신의 마음을 표현한 듯싶다. 그녀가 자신의 독자적인 창조 세계를 추구하며 단호하게 일찍 로댕의 그늘을 벗어났으면 위대한 작가로 역사에 이름을 남기지 않았을까.

49세에 정신병원에 감금되어 무려 30년이 지난 79세에 별세하기까지 피폐한 삶의 극한을 견디며 지내 온 카미유의 절규가 들리는 듯 가슴을 먹먹하게 한다.

문학과 현실

내가 사는 동네에 법원 건물이 가까이 있어 식사 해결에 덕을 보고 지낸다. 은퇴후에 노부부만 살다 보면 삼시 세끼 챙겨 먹는 게 귀찮기도 하고 힘이 든다. 이럴 때 법원 민원실에 있는 구내식당에 들려 싸고 맛있는 점심 한 끼를 들고 나면 행복한 느낌이 든다. 얼마 전에 이곳에서 우연히 문학 활동을 함께 하는 시인을 만났다. 아내와 합석하여 커피 한 잔을 나누며 대화 중에 그는 거의 묻지도 않은 자기 얘기를 늘어놓았다. 남매를 두었는데 아들이 아직 장가를 못가 걱정이니 중매 좀 서달라고 하며 자식 자랑을 한참 했다. 그리고 연락 없이 지내다가 일주일 전에 그가 갑자기 죽었다는 소식을 듣고 마지막인 된 그의 모습이 떠올랐다.

지인은 권위 있는 문학잡지에 시인으로 등단하여 지역에서 개인 문예지를 발간하며 문학단체 회원들로부터 회비를 받는 정도로 생활비를 충당하는 듯했다. 어떤 뚜렷한 직장은 없으니 경제적으로 안정된 모습은 아니었다. 내가 갓 퇴직하여 지역 문화원에서 부원장을 맡아 봉사하던 중 그가 향토문화 연구 관련 용역을 받아 책을 발간하였기에 자주 만나는 사이가 되었다. 그가 주관하는 작가회 문인 단체의 백두산 기행이란 행사에 나도 참여한 적이 있었다. 신문 지상에 자신과 관련된 뉴스가 나올 때마다 여러 장을 복사해 우리에게 나누어 주고 홍보 활동에도 적극적이었다. 그동안 문인단체 이사장 선거 때 입후보했지만 지명도 탓인지 낙선의 고배를 마셨다. 그래도 그는 정치에 대한 꿈도 있는지 줄기차게 무슨 행사에도 얼굴을 내밀고 존재감을 드러내려 했다. 내게 스마트폰으로 꾸준히 백두산 기행 참여 요청이나 자신이 주관하는 문학행사에 문자 초대장을 보냈다. 그리도 부지런히 대인관계를 맺고 싶어 실속 없이 뛰어다니던 지인은 이제 명예를 향한 집념을 내려놓고 하늘나라에서 영면하고 있을 것이다.

최근 신문 기사에 일하는 노인 인구가 급증했다고 한다. 70세 이상 고용률이 첫 30%대에 이르고 그들이 일하는 이유가 연금이나 자식에게 기대기 어려운 점 등을 들고 있다. 대부분 청년층이 꺼리는 3D(힘들고 더럽고 위험한)업종에 취업했고 평균 수명이 연장된 만큼 생활비도 충당해야 하고 일을 통해 무기력감에서 벗어날 수도 있다는 것이다. 내가 10여 년 사회복지관에서 수필 창작 및 자서전 쓰기 지도 강사로 봉사할 수 있었던 것도 문학을 통한 일자리 창출 덕분이 아닌가 싶다. 팔순을 바라보는 고령에 아직 활동할 수 있다는 게 스스로 자랑스럽지 않을 수 없다. 고인이 된 지인처럼 내가 오직 문학 외길만 갔더라면 현실에서 안타까운 패배자가 되지 않았을까 싶다. 나의 능력으로 베스트셀러 작품을 내고 전업작가로 생활을 꾸려나갈 자신이 없기 때문이다. 아마 경제적으로 압박을 받으며 허덕거리다가 스트레스 받고 수명을 단축하지 않으리라는 보장은 없다. 삶은 결코 녹록치 않다는 사실을 살아가면서 느끼게 된다.

나의 본격적인 문학 활동은 직장생활이 끝나고 20여 년이 아닌가 싶다. 그동안 문단에서 직책도 맡아 보았고 시집과 수필집도 20여 권 출간했으니 꽤 활발하게 움직인 셈이다. 글은 잘 쓰든 못 쓰든 열심히 쓰고싶은대로 썼으니 후회도 없다. 비평가의 해설을 길게 붙이는 일도 책을 펴낼 때 피하였다. 거의 자비출판으로 지인들이나 문인들에게 거저 나누어 주는 책이다 보니 경비가 많이 들어 아내의 불평을 샀다. 간혹 어떤 독자는 작가가 자신의 영혼을 갈아 만든 작품인데 그냥 받는 것은 예의가 아니라고 얘기하며 책값을 내밀 때 위로를 받기도 했다. 지금 생각하면 인세도 못 받는 신간에 왜 그리 집착했는지 내가 좀 바보스럽지 않았나하는 생각이 들었다.

도스토옙스키는 톨스토이와 더불어 러시아를 대표하는 최고의 문호이지만 지독한 가난에 시달렸다. 무엇보다 그는 도박에 빠져 빚을 지고 중독에서 빠져나오지 못했다. 그의 작품 중에 죄와 벌, 백치, 악령은 거의 퇴고 없이 출판사에 넘겨졌다고 한다. 그만큼 빚을 갚기 위해 시간이 촉박했다. 그러한 작품들이 명작으로 태어났으니 얼마나 놀라운 재능을 지닌 천재 작가임을 알겠다. 그가 도박에서 벗어나 안정된 가정생활을 하며 집필할 수 있었던 것은 자신의 속기사로 일했던 안나 스니트키나를 만나 결혼한 이후부터라고 한다. 그녀는 도스토옙스키를 알아보고 경제 관념이 전혀 없었던 그를 대신해 살림을 잘 맡아 관리함으로 경제적 심리적 안정을 가져다주었다. 만년에 '카라마조프가의 형제들' 이란 대작을 완성시킬 수 있었던 것도 한 여인의 내조가 현실에 어두운 작가를 구해낸 결과일 것이다. 아마 그는 비참한 도박 중독자가 되어 훌륭한 작가로 후세에 남는 삶을 이루어내지 못했으리라.

우선 가난을 극복하고 경제적 기반을 쌓은 다음에 작가의 꿈을 이루기 위해 말단 공무원에서 은행원 공채를 통해 직장생활을 계속하여 53세에 과감하게 내려놓았다. 더이상 직장에 얽매이지 않고 오로지 문학에 전념하는 생활을 하고 싶었다. 여행과 글쓰기, 그리고 저서 발간이 나의 인생 후반부의 전부가 되었다. 20여 년 그런 생활을 하다 보니 나라에서 인정하는 기초생활 수급자 신세로 추락했다. 아파트 관리비나 용

돈에 보태기 위해 사회복지기관에 수필 창작 및 자서전 쓰기 지도강사로 취직하여 10여 년 근무하는 중이다. 고령의 시니어들이지만 글쓰기의 열망을 갖고 열심히 공부하는 분들을 문단에 추천하여 다수를 작가로 활동할 수 있게 한 보람도 느낀다. 문학의 여러 장르 중 소설을 쓰고 싶었으나 직장생활과 병행해야 하니 중노동처럼 여겨졌다. 솔직히 말하면 허구의 세계보다 나의 내면을 정직하게 표출할 수 있는 수필이나 시 쪽을 선택한 것이 오히려 내게 도움이 된 것 같다. 시대의 흐름에 따라 수필 인구가 늘어나니 나로선 정년이 없는 지도 강사로 자아실현의 길이 열렸다.

실속 없이 너무 뛰어다니며 과로하고 문학 활동을 하던 고인이 된 지인을 반면교사 삼아 살아야겠다. 문단을 기웃거리거나 여러 문학 행사에 바쁘게 얼굴을 내미는 일도 삼가며 지내고 싶다. 실제로 10년 전에 문인단체에서 두 가지나 동시에 회장직을 맡아 일하다가 어찌나 회원들로부터 스트레스를 받았던지 심근경색으로 쓰러져 병원에 입원까지 했다. 이제 팔순을 바라보는 인생의 고봉에 올라 인생과 사물을 관조하는 여유를 갖고 싶다. 더욱 단순하게 주변을 정리하며 좋은 의미의 은둔 고립형 삶을 지향하련다. 시인 릴케의 말처럼 예술에 있어 외로움이 내면 세계를 확장시키기에 고독을 사랑할 가치가 있다고 조언하지 않았는지 모른다.

제4부
바다 위 만리장성

고하도

　몇 년 전에 뉴스를 보는 가운데 목포 지방의 인기 명소가 소개되었다. 유달산에서 바다 건너편에 있는 고하도까지 해상 케이블카가 놓여 관광객들을 기다린다는 소식이었다. 더불어 고하도 정상에 있는 멋진 전망대와 해안 산책로까지 매력적인 여행 코스로 여겨졌다. 언제나 기다리는 자에게 기회가 온다고 했던가. 이번에 모교인 광주 고등학교에서 '자랑스런 광고인 상'의 수상자로 선정돼 시상식에 참가해 달라는 초대장을 받았다. 내가 무슨 모교를 위해 한 일이 있다고 부끄러운 생각이 들었지만 그래도 작가로서 활동한 일이 인정을 받아 여태까지 정치인이나 기업인, 고위 공직자들에게 주로 가던 상이 처음으로 문인에게도 차례가 온 셈이다. 동문회에서 매달 발간하는 소식지나 축하 행사에 시나 수필을 꾸준히 발표하고 그동안 저서도 발간하고 문단활동도 활발하게 한 점이 아마 시상의 이유가 된 듯하다. 전국에서 유일하게 교내에 모교 출신 문인들의 문학관을 만들어 운영하는 전시실에 나의 저서도 비치돼 있다. 가난한 시골 학생이 어려운 입시를 거쳐 광주고에 합격하여 도시생활을 하며 꿈을 키워 나갈 수 있었다는 게 내 인생의 터닝포인트가 된 것 같다.

　시상식을 마친 후 친구와 둘이서 벼르던 고하도를 찾았다. 목포항 북쪽 지역인 유달산 기슭에서 해상 케이블카를 탑승하고 약 20분 만에 바다 건너 고하도에 도착했다. 케이블카의 유리상자 안에서 발아래 펼쳐진 바다를 갈매기처럼 날아가는 기분이 상쾌했다. 일제시대에 우리 쌀을 수탈하여 일본으로 실어 가던 목포항의 아픈 역사나 임진왜란 때 이순신 장군이 우리의 병사가 대단하다는 걸 과장하는 전술로 노적봉을 이용했다고 한다. 고하도는 충무공이 명량대첩이후 다시 최후의 결전장이 된 노량해전을 준비하기 위래 전열을 가다듬고 이곳의 나무를 베어 판옥선을 건조했다. 그래서인지 13척의 판옥선을 격자형으로 쌓아 올린 듯한 전망대가 멋진 모습으로 세워져 이곳의 상징물이 되었다, 마치 용 한 마리가 길게 달려가는 형상을 한 섬의 둘레길을 걷다 보면 동백나무 비슷한 사스레피 나무들이 군락을 이룬다. 전망대 쪽에서 언덕 아래로 해안가 데크길을 걸으니 바다 위를 성큼성큼 걷는 짜릿한 기분이 든다. 오랜 세월의 침식작용에 무너져 내린 바윗돌이 뒹굴고 군데군데 움푹패인 해안 절벽의 동굴도 나타난다. 바위 기슭에 보랏빛 구절초꽃들이 외로움을 하소연하듯 피어나 안쓰러움을 안겨 준다.

고하도에서 다시 북항 정류장으로 돌아올 때 유달산 중턱에서 케이블카가 잠시 머물고 등산할 수 있는 시간을 허락했다. 목포의 상징이 된 유달산을 오랜만에 나무 계단을 편하게 걸어 마당 바위까지 오르니 더는 갈 수 없는 벼랑이 나온다. 거의 단단한 암석으로 형성된 산봉우리들이 기암괴석 전시장을 연상케 한다. 이곳에서 바라보는 시야도 시내를 한눈에 볼 수 있고 바다 건너 아기자기한 섬들이 말을 건네는 듯하다. 호남선의 종착역인 목포는 이난영 가수의 '눈물의 목포항' 이란 구성진 노래가 생각날 만큼 친근감이 든다.

유달산 중턱에 앉아 아내가 학창 시절을 보낸 곳이고 교육대를 졸업하고 교사의 꿈을 이룬 목포의 사연을 생각케 한다. 첫 발령을 받고 3년 동안이나 섬마을 교사로 지낸 하의도 섬은 어떤 곳인가. 이 나라의 민주

화를 이루고 최초의 노벨 평화상까지 받은 김대중 대통령의 고향 마을이다. 서울에서 결혼생활 하는 동안에도 하의도 옛 직장이 그립지않느냐고 물으면 아내는 고갤 젓는다. 목포 여객선 터미널에서 배를 타고 근무지인 섬에 들락날락하는 동안 너무나 고생이 심했던 같다. 섬에서 겨우 빠져 나와 목포 시내에서 근무하는 동안 나와 데이트하던 추억이 새롭다. 나도 고교를 졸업하고 대입 시험에 실패하여 재수할 형편이 못 돼 생활 전선에 나가기 위해 말단 공무원 시험을 치루었다. 첫발령을 받은 곳이 영광군에 있는 낙월도이다. 목포 여객선 터미널에서 무려 8시간이나 걸리는 벽지 낙도에 가는 동안 뱃전에 부딪는 파도가 두려웠고 무엇보다 뱃멀미가 심했다. 새우가 많이 잡힌다는 서해의 외딴 섬에서 근무하는 고립감을 느꼈다. 선착장에 여객선이 들어올 때마다 이미자의 '섬마을 선생님' 노랫가락이 확성기를 통해 흘러나왔다. 약 두어 달 동안 이곳에서 견디다가 백수면이라는 육지로 발령이 났다. 이곳에서도 정을 못 붙이고 있는데 국가 공무원으로 서울 대학교로 마침내 발령을 받으면서기 생활을 면했다.

목포 출신의 유명한 문화계 인물들이 고하도 전망대 벽면에 소개되었다. 먼저 '산불' 이란 사실주의 연극을 완성했다는 차범석 극작가와 근대 연극의 선구자인 김우진 극작가가 이곳 출신이었다. 문학 평론가로 이름을 날린 김 현(1942-1990)은 진도가 고향이었다. 그가 주도적으로 발간한 우리나라 최초의 소설 동인지인 산문시대와 첫저서인 '존재와 언어(1964)' 도 소개된다. 그가 생존해 있다면 우리나라 최초의 노벨 문학상을 수상한 한 강 작가에 대해 어떤 평론을 내놓을지 궁금하다. 박화성 소설가(1903-1988)는 대표작으로 '백화', '고향 없는 사람들' 이 소개 되었고 여성 최초의 장편소설을 집필했다. 선생님은 팔순을 넘어서까지 왕성한 창작활동을 통해 장편 17편, 단편 62편을 비롯해 수필과 평론 등 방대한 작품을 남겼다. 한국 여류 문학인회 초대 회장을 비롯하여 대한민국 예술원 회원도 지낸 것으로 자료에 드러난다. 전남 장흥이 고향인 한 강 소설가도 이런 선배 문인들의 뿌리가 있었기에 그런 위대한 업적을 달성했는지 모른다.

예향의 도시, 목포역을 떠나 상경하는 동안 유달산과 고하도의 하루는 가슴 속 그리움으로 언제까지나 채색될 것 같다.

봄.봄

　상봉역에서 경춘선 열차를 타고 봄빛이 반길 것 같은 김유정역에 도착했다. 주변 환경이 시루 단지를 닮았다고 하여 실레 마을이라고 불리우는 이곳은 어딘지 정겨운 느낌으로 다가선다. 그의 대표작으로 여겨지는 봄.봄의 소설 내용이 조형물로 꾸며져 입가에 미소를 자아낸다. 유명한 작가 한 분으로 역 이름이 생겨나고 관광지로 꾸며진 마을이 되었다. 시대를 잘못 만난 탓으로 불운하게도 29세에 요절했지만 영원한 청년 작가로 우뚝 선 김유정 소설가는 이제 오늘의 우리 곁에 잊지못할 분으로 다시 탄생했다.

　김유정의 대부분의 작품들은 실레 마을을 중심으로 한 농촌 생활의 피폐한 실상을 주로 그려냈다. 일제 치하에 산골 마을 농민들의 비참한 생활이 가슴을 아프게 한다. 마을을 감싸 안은 금병산에 '실레 이야기'라는 둘레길을 만들어 놓았다. 으슥한 숲길로 난 입구에 '들병이' 라는 그의 소설 속 이야기가 안내판에 요약되어 있다. '들병이' 란 말은 가난한 농촌 아낙네들이 술병을 들고 다니며 지나가는 농부들을 대상으로 매춘행위를 했다는 데서 생긴 용어라고 한다. 막다른 골목에 이른 가장이 더이상 생계를 책임질 수 없으니 마누라를 동원해 몸을 팔게 했다. 최후의 생존전략이라고 할 수 있다. 예나 이제나 미색에 빠진 남정네들이 유혹을 뿌리치지 못하고 들병이에게 걸려들어 살림을 거덜냈다. 이런 모습을 형상화한 조형물 중에 한 농부가 화대가 없으니 자기 집안에 유일한 부엌의 무쇠솥을 떼어다가 들병이에게 가져다 준다. 그 부부는 솥을 받아 챙겨 지게에 지고 유유히 떠나간다. 이걸 알아챈 농부 마누라는 땅을 치며 통곡한다.

봄봄에 나오는 소설 내용의 한 부분을 형상화한 조형물도 생가 뜨락에 세워져 입가에 미소를 짓게 한다.

- 그래, 거진 사년 동안에도 안 자랐다니 그 키는 은제 자라지유? / 다 그만두구 사경 내슈- / 글쎄, 이 자식아! 내가 크질 말라구 그랬니. 왜 날 보구 떼냐? / 빙모님도 참새만한 것이 그럼 어떻게 앨 낳지유?

(사실 장모님은 점순이 보다도 귓배기 하나가 작다.)

김유정의 작품을 읽다 보면 눈물이 날만큼 서글픈 현실이지만 독자로 하여금 재미와 유머, 풍자. 해학에 빠져들게 한다. 어리숙한 머슴을 데릴사위로 들여놓고 실컷 일만 교묘하게 부려 먹는 지주 영감의 잔꾀를 당할 길이 없다. 계약서를 작성할 때 향후 3년이라든가 5년, 이렇게 기한을 못 박지 않고 막연하게 점순이가 키가 크면 성례시킨다는 조건만 달았다. 기다리다 못해 화가 난 머슴은 주인 어른에게 대들지만 아무 소용이 없다. 점순이가 아직 어리고 키가 자라지 않았다는 핑계거리만 내세운다. 점순이 어머니도 키가 작아 오히려 딸보다 작은 키에 결혼하여 애를 낳고 잘 산다고 항변하지만 능글맞은 주인 영감은 들은 체도 안 한다. 점순이도 어서 결혼하고 싶어서 안달이 나니 그를 바보 같다고 핀잔을 해댄다. 머슴은 결국 주인과 담판을 짓고 싶어 시비 끝에 바짓가랑이 속 그의 거시기를 움켜쥐고 항복을 받으려 한다. 주인 영감은 어쩌나 아픈지 머슴에게 숨 넘어가는 소리로 '할아버지' 소리를 연거푸 질러대며 살려달라고 한다. 이 모습을 발견한 점순이가 달려들어 머슴의 한쪽 귀때기를 세게 잡아끌며 소릴 지른다.

에그머니! 이 망할 게 아버지 죽이네.

결국 아무 성과도 없이 소설은 여기서 끝이 나지만 아마도 주인 영감은 속으로 비웃어 댈 것이고 어리벙벙한 머슴은 점순이 키가 자랄 때까지 기약없는 봄봄을 기다려야 할 것이다.

성경에 나오는 비슷한 이야기 중에 야곱이란 인물은 그의 외삼촌 집에 가서 아내를 얻기 위해 무려 14년 동안 양치기를 한다. 첫눈에 반한 둘째 딸(라헬)인 줄 알지만 외삼촌은 약속대로 이행하지 않고 7년 기한이 차서 첫째 딸(레아)를 바꿔치기하여 그의 아내로 준다. 약삭빠른 외삼촌은 둘째 딸을 주기로 약속하는 댓가로 다시 7년을 연장하는데 성공한다. 여기서 끝나지 않고 다시 그동안의 품삯에 해당된 양떼를 받는 조건으로 6년 동안 더 일하게 만들어 모두 20년 세월을 광야에서 꼼짝없이 보내게 된 신세가 됐다.

김유정의 생가 옆에 있는 문학관에 전시된 자료를 보니 유년 시절에 그의 집안은 종로구 운니동에 99칸짜리 저택을 지니고 살 만큼 부잣집이었다. 부친은 수전노처럼 인색한 분으로 아주 성미가 엄격한 분이었다. 그의 나이 일곱 살 때 어머니가 병으로 돌아가시고 뒤이어 아버지마저 병석에 누워 지대다가 9세 되던 해에 그만 돌아가시고 만다. 형은 아버지의 병간호를 할 때 손가락에 피가 나게 하여 마시게 할 정도로 효자 노릇을 했으나 무슨 이유인지 인정받지 못했다. 화가 나면 형에게 벼루며 목침, 단소까지 내던지던 아버지는 어린 김유정이 보는 앞에서 형에게 칼을 던지기도 하였다. 따뜻한 아버지의 사랑을 받지 못한 형은 아버지가 돌아가신 후 난봉이 나고 방탕한 생활로 이어져 가세는 급속도로 기울고 말았다.

김유정은 구인회(1933년 결성된 문단작가 모임) 회원으로 활동하면서 고향 실레 마을에 금병의숙이란 야학당을 운영하는 교육사업에도 열중하였다. 동시대를 살아가며 비슷하게 폐결핵으로 요절한 이상 시인과도 친분이 두터웠다. 경기도 광주에 있는 누이댁에서 투병생활을 하며' 닭 100마리와 뱀 한 마리'를 먹고 병마를 이기고자 강한 의지를 불태웠지만 결국 하늘은 아까운 인재를 하늘나라로 데려가 버렸다. 그의 고단한 청춘은 한 줌의 재로 변하여 한강 물에 뿌려졌으나 소설가 전상국(1940년-강원대 명예교수)의 노력 끝에 실레 마을에서 이렇듯 화려하게 부활했다.

나와 전상국 소설가의 인연은 20여 년 전으로 올라간다. 문단 데뷔의 꿈을 키우며 은행원 생활을 하는 동안 그가 담당하고 있는 현대문학 소설 창작강좌에 등록하여 강의를 들었다. 김유정이 톨스토이 같은 세계적 문호를 존경했던 것처럼 나도 초등학교 시절에 한국의 괴테나 톨스토이 같은 소설가가 되고 싶다는 꿈을 간직했다. 한국문인협회에서 주관하는 문학강좌에 등록하여 현직에 근무하는 동안 김병총 소설가(1939년-2019년)의 강좌도 열심히 들었다. 그러나 소설가로 문인의 꿈을 이루고 싶은 나의 바램은 재능 부족으로 이루지 못하였다. 다시 나에게 문인의 꿈을 이루게 한 것은' 수필과 시' 라는 장르를 만나 실현되었다. 아마도 내게 맞는 장르로 소설쪽 보다 진솔한 체험의 세계를 다루는 수필이었다고 여겨진다. 잡지사를 통하여 등단한 후 28년 동안 문단 생활을 이어 오는 동안 고령에도 사회복지관에서 운영하는 수필 강좌를 맡아 10여 년 강의도 하며 노후 생활에 큰 보람을 느낀다. 그래도 괜찮은 문인의 삶인 듯하다.

실레마을 문학촌에서 노오란 생강나무꽃의 그윽한 향기 같은 김유정의 삶과 문학을 통하여 내가 걸어 온 문학 여정을 한번 되돌아본다.

바다 위 만리장성
- 군산. 부안, 김제

    군산 시내를 벗어나 차는 서해 바다를 가로지르는 새만금 방조제를 거침없이 달린다. 형제끼리 이산가족의 아픔을 나누듯 방파제에 몸부림치는 파도를 바라본다. 바다 위의 만리장성은 세계 제일의 장거리를 자랑하며 군산과 부안을 잇고 고군산군도(63개 섬 군락)를 만나게 한다. 우리나라의 기술진만으로 이루어진 토목공사(33.9km)를 20년만에 완성(2010년 준공)했고 현재 30여 년이 흘렀다. 배를 타고 가 볼 수 있었던 섬들은 차량으로 당일이면 다녀올 수 있는 관광지로 바뀌었다. 나와 동행한 문우는 이곳의 야미도가 고향이었고 어린 시절에 육지를 그리워하며 섬 생활을 극복할 수 있는 물막이 바다 공사를 꿈꾸었다고 하였다. 바로 꿈이 현실이 된 오늘의 모습에 감개무량할 뿐이라고 한다.

    새만금 방조제로 바다를 막아 생겨난 광활한 간척지는 마치 서해안의 지도를 바꾸는 듯하다.다시 시작된 내부 간선 도로망의 대역사는 신시도에서 시작된 동서대로(33km)가 시원하게 뻥 뚫리게 했다. 개통된 지 얼마 되지 않아 도로 위의 차량은 우리 차 외에 한 대도 보이질 않는다. 여기가 과연 우리나라라는 생각이 들지 않을 만큼 광야길을 질주하게 된다. 마치 몽골 초원의 어디를 달려가는 것처럼 복잡한 도심을 떠나 비현실적인 세계에 들어 온 느낌이 든다. 이런 동서대로에 이어 남북대로 공사도 어느새 다시 한참 진행중에 있었다. 우리나라의 국력이 힘차게 뻗어나가는 기운을 건설 현장에서 실감나게 한다. 2.3년 후에 다시 이 길을 달리면 어떻게 상전벽해로 변해 있을지 궁금하다. 동서대로 끝 지점에 이르니 김제가 나오고 드넓은 곡창지대인 만경평야가 펼쳐진다. 이곳도 오래전 바다를 막아 생겨 난 간척지이었다.

망해사 가는 길은 숲속에 숨어 있다. 봄날은 간다를 아쉬워하듯 사찰 초입에 벚꽃이

깔려 있어 소월 시인의 '가시는 걸음걸음 놓인 그 꽃을 사뿐히 즈려밟고 가시옵소서' 하는 시구가 떠오른다. 천년 고찰(신라 671년. 문무왕 11년)이면서 대웅전은 보이지 않고 초라한 가람 서너채가 전부이다. 낮은 담장 너머로 바라보이는 만경강이 숨죽여 흐르고 탁트인 들녘이 펼쳐진다. 이곳의 역사를 증명하듯 팽나무 고목 두 그루가 수문장처럼 다시 청춘의 신록을 피워내며 건재함을 드러낸다. 스님 한 분 보이지 않고 적막한 분위기의 사찰 풍경이 고즈넉하기만 하다. 바람이 머무는 집처럼 조용한 쉼터를 찾는다면 이런 곳이겠다. 삶에 지친 사람들이 그냥 소리 없이 다녀감으로 위로를 받을 수 있는 피난처 같은 곳이다. 망해사 뒤편의 진봉산 숲으로 새만금 바람길이 나타난다. 보도블록까지 깔려 걷기에 편안하다. 어떤 젊은이 한 명이 배낭을 메고 외롭게 걷는다. 나도 여행은 혼자 즐기는 편이라 내게 말벗이 될 듯하다. 제주도 올레길이 유행하고서부터 전국 어딜 가도 둘레길이 사람들의 발길을 유혹한다. 이 길의 끝 지점이 심포항에 연결되지만 일정에 쫓겨 되돌아서자니 미련이 남는다.

변산반도의 해안 도로는 산을 휘감아 돌며 바다를 끼고 환상적인 드라이브 코스가 이어진다. 젓갈과 염전이 유명한 곰소항을 지나 능가산 내소사로 향한다. 일주문에서 법당까지 이르는 초입은 전나무 숲으로 우거진 산책로이다. 하늘을 향해 솟구친 전나무 가지에 앉아 새들이 지저귀

는 소리가 풍경소리처럼 맑다. 이 길 가는 동안 때 묻은 마음을 말끔히 씻어내라는 듯 숲향기가 가슴을 매만진다. 오대산 월정사에서 만난 전나무 숲길을 다시 이곳에서 걷게 되니 반가운 친구처럼 여겨진다. 내소사來蘇寺라는 이름이 새롭게 소생하라는 뜻으로 신록의 품에 안겨 더욱 비우는 삶을 배우고 싶다. 법당 앞에 이르니 수백 년 됨직한 느티나무가 가슴을 벌려 안아줄 듯 늠름한 자세이다. 대웅전 한쪽에 무설당無說堂이란 건물이 눈에 띄어 스님에게 여쭤보니 설법을 하지 않는 집이라고 한다. 아마 전나무 숲길을 거닐 때처럼 말이 필요 없고 스스로 묵상을 통해 깨닫도록 함이 아닐까.

격포항에 이르니 채석강이 자연의 신비를 일러 준다. 산기슭이 오랜 세월 동안 바다의 침식 작용과 풍화 작용으로 켜켜이 쌓여진 바위와 해식 동굴이 나타난다. 파도가 빚어낸 작품이 그대로 멋진 조각이 되었다. 이태백이 술에 취해 물에 비친 달그림자를 잡으려고 뛰어들었다는 중국의 채석강에서 빌려 온 이름이라고 한다. 서해안 지질공원으로 꾸며 놓은 한켠에 부안 출신 매창 조각과 그의 대표시가 여러 편 새겨져 있다. 내가 살고 있는 서울 도봉산에도 매창과 촌은 유희경의 사랑시가 비석으로 세워져 있기에 더욱 반가웠다. 이루지 못한 아름다운 사랑은 시대를 초월하여 사람들의 애틋한 감상을 불러일으키는걸까. 그중의 한 편을 음미해 본다.

동풍 불며 밤새도록 비가 오더니 / 버들잎과 매화가 다투어 피었어라

이 좋은 봄날에 가장 견디기 어려운 것은 / 술잔을 앞에 놓고 임과 헤어지는 일이리라. (매창 시조. 자한 自恨)

강은 바다를 만나 죽는다는 어느 시인의 표현처럼 유장한 금강은 흐르고 흘러 마침내 군산 하구에 이르러 서해로 빠져나간다. 철새 도래지이기도 한 금강에 앉아 있던 한 떼의 물새들이 후두둑 하늘을 향해 비

상한다. 이곳 출신의 소설가인 백릉 채만식(1902년-1950년)은 탁류라는 대표작을 통해 금강을 흐린 물로 표현했다. 그동안 물길 따라 지친 강물이 하류에서 흐린 빛을 띠기에 그리 한 것 같다. 금강 하구둑 가까이 세워진 채만식 문학관엔 그의 생애와 작품 세계가 전시돼 발길을 이끈다. 그는 장단편 소설만 해도 200여 편에 이르며 기타 동화나 수필 등 다양한 장르까지 합치면 생전에 천여 편이나 되는 놀라운 다작의 작가이다. 탁류 외에도 레디 메이드 인생, 태평천하 등이 그의 장편 소설로 일제 치하에서 당시의 사회상을 풍자하거나 냉소적으로 소설적 미학을 성취한 작품으로 소개되었다. 옥에 티라고 그의 친일 논란에 대해 아쉬움이 있으나 그는 스스로 민족의 죄인임을 자처하고 깊이 반성하였다. 다른 친일 작가들 중에 유일하게 자신의 잘못을 인정하고 고해성사한 분으로 여겨졌다.

- 한번 살에 묻은 대일 협력의 불결한 진흙은 씻어도 씻어도 지워지지 않는 영원한 죄의 표시지였다. (채만식 글)

그는 유언문에서 '나 가거든 손수레에 들꽃 가득가득 날 덮어 주오. 마포 한 필 줄을 메어 들꽃 상여 끌어 주오.' 라고 했다. 불운한 시대 상황에서 작가의 정체성을 잃지 않고 치열하게 왕성한 창작 활동을 펼친 불꽃의 작가에게 경의를 보낸다.

만남, 그리고 인연

오랜 세월을 살다 보면 인생이 만남의 연속으로 이루어져 나감을 실감한다. 오늘 하루 동안에도 전혀 생각지도 않았던 우연한 만남이 이루어지기도 한다. 문밖을 나서지 않고 그냥 방콕을 했다면 아무 일도 일어나지 않았을 터이다. '원수는 외나무 다리에서 만난다' 라는 속담처럼 그런 악연 말고 꼭 만나고 싶은 사람이나 기억 속에 희미했던 반가운 누구를 만날 수 있는 행운도 기대된다. 최근에 읽은 프리츠 오르트만의 단편 소설 중 '철학자와 일곱 곡의 모차르트 변주곡' 이 감명 깊었다.

철학자는 '인생의 헛됨에 대하여' 라는 책을 저술하고 있었다. 12장까지 이 세계에서 일어나는 일이 얼마나 헛된지를 명언, 고전의 격언, 성서 구절 등을 인용해 써놓고 마지막 13장을 어떻게 마무리할지 고민 중이었다. 이 때 친구인 화가의 행동이 큰 도움을 주었다. 둘이서 산책하던 중 화가는 울타리 너머에서 명랑한 웃음소리가 들려 무슨 일이 있는지 호기심이 발동했다. 그는 울타리를 넘다가 바지가 찢어졌지만 한 소녀를 만나게 된다. 귀여운 소녀와 친구가 된 그는 꼬끼오 소리를 내는 닭 흉내 놀이를 함께 했다. 소녀의 큰 언니가 점심을 먹으라고 소녀를 데리러 왔다가 둘은 한눈에 가까워졌다. 사랑에 빠진 그들이었지만 화가는 너무 가난하여 결혼을 포기했고 그녀는 괜찮은 우체국 직원과 결혼하고 만다. 그는 실연의 아픔을 견디지 못하고 인생을 끝내고 싶어 강물 위 다리로 올라간다. 그는 다리 난간에 서서 눈물을 흘리며 마음을 굳게 다짐하는데 가까이서 바이올린 켜는 소리가 들렸다. 눈먼 걸인이 모차르트 변주곡 7곡만 골라 연주하는 것으로 구걸한다고 했다. 그 소릴 들은 화가는 호주머니에서 마지막 가지고 있던 동전을 걸인의 모자에 던져 주고 집으로 돌아왔다. 이 말을 들은 철학자는 무릎을 치며 깨우쳤다. 이제 저서의 마지막 13장을 마무리할 수 있었다. 화가 친구의 말대로 지금 살아 있음의 중요성을 강조하기로 했다.

종로구 부암동에 있는 석파정 서울 미술관을 찾기로 했다. 수필 강의 중인 수강생들을 데려가고 싶었지만 그들은 모두 자기 스케줄에 얽매어 있었다. 친구라도 약속을 잡고 함께 움직인다는 게 바쁜 현대 사회에서 결코 쉬운 일이 아니었다. 기획 전시 내용이 한국 화가들 중심으로 이중섭 외 신사임당, 천경자, 김환기, 김창열 등이었다.

미술관이 보통 월요일은 쉰다는 생각만으로 화요일에 어렵게 찾아갔다. 그런데 화요일도 포함 이틀 쉰다는 안내문에 헛탕 치고 돌아와 그만 포기할까 싶었다. 다시 수요일에 방문하여 결국 비싼 관람료를 내고 기어히 감상하는 기회를 가졌다.

이중섭 화백은 6.25 전시 상황을 피해 먼저 부인의 친정인 일본으로 건너간 후에 곧 가족을 만날 것으로 기대했지만 뜻대로 못 이루고 서대문에 있는 적십자 병원에서 행려병자로 쓸쓸히 세상을 마감했다. 그가 캔버스를 살 돈이 없어 담배갑 은박지에 그림을 그리거나 편지지여백에 그림을 그려 일본에 우송한 사실이 드러났다. 거기에 나타난 그림은 가족에 대한 절절한 그리움이 배어 있었다. 그는 천재 화가이면서도 불운한 시대 상황을 견디지 못하고 40세 나이에 요절한 분이었다. 그의 대표작이기도 한 황소 그림은 살갗은 생략하고 우람한 골격만 훤히 드러난다. 뭔가 자신의 울분을 토해내는 것같은 자화상인 듯하다.

사진 한 컷을 하고 싶어 전시장 안을 두리번거리던 중 나처럼 혼자 온 여성 관람객이 눈에 띠었다. 그림 앞에서 사진을 찍고 의자에 앉아 미술 관람 소감을 몇 마디 나누는데 거부감없이 대화가 이루어졌다. 우리는 미술관 메이트가 되어 관람을 마친 후에 석파정으로 자리를 옮겼다. 대원군이 인왕산 자락 밑 풍광이 빼어난 이곳이 마음에 들어 당시 사대부 소유였던 별장을 강제로 빼앗아 버린 이야기가 재미있었다. 고종 임금님을 모시고 이곳에서 일부러 하룻밤을 묵었다. 사대부는 왕이 머문 곳에 감히 신하가 별장을 차지할 수 없다고 여겨 스스로 아까운 재산을 포기했다. 만약 그리하지 않았다면 대원군에게 어떤 처벌을 받을지 모르니 알아서 물러간 그의 분별력이 현명했다고 할까. 대원군은 자신의 호를 따서 이곳을 석파정石破亭이라고 명명하고 유유자적했다. 수백년이나 됨직한 우람한 소나무가 꿈틀꿈틀 움직이는 듯하고 계곡의 폭포수가 쏟아지는 거대한 암벽도 자리하고 있다. 한옥으로 지은 별장의 마루에 걸터앉아 앞산을 바라보니 초록 숲이 그림처럼 펼쳐져 세속을 잊게 한다.

미술관 메이트는 이런 분위기가 좋았는지 묻지 않아도 자기 이야기를 거침없이 털어 놓는다. 40대 초반인 그녀는 같은 회사에 근무하며 남친을 만나 결혼했지만 아직 아이를 갖지 못했다고 한다. 남편은 성격이 전혀 다른 탓에 미술관 관람이나 글쓰기, 독서같은 정적인 것보다 스포츠 같은 동적인 취미를 더 선호하니 함께 다니지 못한다고 한다. 한 시간가량 서로 대화를 한 탓인지 오래전부터 알고 지낸 사이처럼 친밀감이 느껴졌다. 힘들게 찾아 온 이곳의 미술 전시회에서 얻은 작품 감상도 좋지만 밝고 명랑한 여인을 만나 공유하는 시간이 더 의미 있는듯하다.

그동안 해외여행을 다니는 가운데도 유명 관광지나 유적, 자연 풍광

보다 더 기억에 남는 것은 현지 가이드나 외국인들을 만남이 아닐까 싶다. 지난 스페인 여행 때 생각나는 한국인 가이드 한분은 상사 주재원으로 있다가 이곳이 마음에 들어 그냥 눌러 앉았는데 시간만 나면 박물관이나 미술관, 전시회 등에 부지런히 들락거리며 필요한 교양과 식견을 쌓아나간다고 한다. 그래서인지 현장을 설명할 때는 여느 가이드와 달리 품격있는 말씨와 해박한 지식이 많은 도움이 되었다.

나의 수필 주제 중 많은 부분이 기행수필인 탓은 우선 기회 있을 때 떠나고 보자는 나의 호기심과 실천력 덕분이 아닌가 싶다. 그곳에 가서 보면 확실히 오기를 잘했다라는 만족감이 들었다. 병영생활을 하는 동안 휴가 나와 근처 공원에 올랐기 때문에 영랑 시비 앞에서 내 문학의 영감이 되어준 펜팔 상대로 한 여인을 만난 것도 귀한 인연이었다. 그리고 마지막 최고의 나의 만남은 바로 문학과 신앙의 만남이라 할 수 있다.

나의 고마운 직장

여느 때보다 일찍 핀 벚꽃을 보러 여의도 윤중로를 찾았다. 사월쯤 피어야 할 꽃이 한 달이나 먼저 만개하니 전문가들은 지구 온난화 현상이라고 진단한다. 어쨌거나 잿빛 겨울을 떨쳐 버리고 봄꽃들을 일찍 만나는 것도 나쁘지만은 않다. 예전만해도 벚꽃 명소가 많지 않아 일부러 찾아다녔지만 요즘은 어디서나 벚꽃이 흔해져 버린 것 같다. 그럼에도 이곳을 찾은 이유는 지난 직장생활의 추억 때문이다. 금융의 중심지인 여의도에 도봉산 쪽 강북 변두리에서 전철을 타고 출퇴근할 때 항상 대방역에 내려 여의교를 걸어 다녔다. 그때도 가로수 길이 벚꽃인 탓에 점심시간이면 잠깐 이 길을 산책하고 사무실에서 아픈 머리를 식히곤했다. 세월 따라 고목으로 변한 벚나무들은 변함없이 하얀 꽃송이들을 토해낸다. 갑자기 어두운 실내에 조명등이 켜진 듯 꽃길은 아름답다. 여의도 샛강 공원에도 수양버들이 흐드러져 연두색 물결로 장관을 이룬다.

그때 얼굴을 맞댄 사무실 동료들은 모두 어디로 갔을까. 지난 주에 퇴직자 모임인 동우회가 열려 모처럼 참석했다. 이런 모임이 오래오래 지속되고 친목을 이어 나간다는 게 여간 직장에 대한 긍지도 심어주고 고맙게 여겨진다. 내가 퇴직한 지 벌써 올해로 23년이 됐으니 동우회에 모인 직장 동료들도 거의 고령에 이르렀다. 90세를 넘긴 분도 2명이 계시고 나처럼 70대가 거의 대부분인 듯싶다. 그동안 수시로 별세 소식이 있었으니 영영 보지 못하게 된 얼굴이 안타깝지만 나도 얼마나 더 이 자리에 나타날 수 있을지 누가 알랴. 서리가 하얗게 내려앉은 머리칼과 듬성듬성 빠진 머리에 주름살 팬 이마들이 세월의 물갈퀴를 벗어나지 못했다. 현직에 있는 동안 지위를 의식하여 서먹했던 분도 있고 내게 도움을 준 분도 있고 경쟁상대로 시기의 대상이었던 동기생도 함께 앉아 이야기꽃을 피운다. 지나고 나면 아무 것도 아닌데 그때 서로 잘 지냈으면 좋았을 걸 후회가 되는 건 어쩔 수 없다. 나와 입행 동기인 한 친구는 퇴직후 뭐가 잘못됐는지 아예 종적을 감추어 아무도 소식을 모른다. 돌이켜 보면 내가 가장 스트레스를 받고 번아웃 되었던 때는 담당 대리였던 한 분이었다. 그는 동향인데도 나를 아주 무능하다하여 못마땅하게 여겼다. 첫 직장에서 공무원 생활을 하다가 전직하여 제이의 직장인 은행에 발을 딛고 겨우 새내기로 적응하는 중이었다. 그는 성격이 무뚝뚝하고 교사 출신으로 소심하고 모범생 기질이 강했다. 아침에 출근하면 메모지에 '오늘의 할 일' 이라고 1번부터 나열하여 쭉 적어 내게 던지고 체크해 나갔다. 한 번은 두꺼운 전산자료를 출력 받아 결재를 올릴 때 철끈으로 가지런하게 묶어 오지 못했다고 송곳으로 풀어 헤치고 다시 결재를 올리게 했다. 퇴직후 몇 년 전에 그가 죽었다는 소식을 듣고 장례식장에 갈까말까 망설이다가 발걸음을 했다. 그래도 나의 첫 상관이었기에 예의를 차려야 한다는 생각으로 영전에 가서 조문을 하게 됐다. 중풍으로 투병생활 끝에 그만 하늘나라에 가셨다는 얘기를 가족으로부터 들었다. 문상객 중에 옛직장 동료라곤 거의 눈에 띄지 않았다. 그래서인지 미망인이 내게 반갑게 인사를 건네며 '남편이 고지식해서 고생 많으셨지요' 하는 말을 해 주니 깜짝 놀랐다. 상주인 큰아들도 문밖까지 따라 나오며 연신 감사하다고 인사를 했다. 요즘 신문기사에 따르면 노량진 고시촌이 썰렁

해졌다고 한다. 이유인즉 공무원 시험에 매력이 떨어지고 보수도 기업체에 비해 상대적으로 낮은 탓인지 수험생들이 눈에 띄게 많이 줄었다고 한다. 공시생들을 상대로 3000원 짜리 컵밥 장사를 하던 음식점이나 숙박업소도 울상이라고 한다. 그들은 아침 6시부터 밤 11시까지 죽기살기로 공부하느라 코피를 쏟기도 한다. 사법고시나 행정고시처럼 화려한 미래를 꿈꾸지 않고 오로지 말단 공무원 자리 하나 얻어 보통 사람으로 살아가기 위함인데도 그런 고역을 치루어 내야 했다. 한국사회라는 현실에서 작은 직분에 만족하며 그냥 소시민으로 살아가는 일도 얼마나 어려운 일인지 실감 나게 한다.

인문계 고교를 졸업하고 대학입시에 낙방한 후 집안 형편에 재수는 생각지도 못하고 생활전선으로 뛰어들어야 했다. 흙수저로 태어난 이상 기댈 것이라곤 내 공부 실력 뿐인지라 5급(현재 9급) 공무원 시험에 응시하여 다행히도 합격했다. 노량진 고시촌에서 피 터지게 공부해야 하는 지금의 젊은이들처럼 고생하지 않아도 그 당시엔 경쟁률도 낮고 인기가 없는 공무원이었다. 박봉이지만 홍안의 나이에 직장인이 되어 비로소 독립된 생활을 하게 되었다. 몇 개월 근무하다가 병역의무 때문에 휴직계를 내고 군복무 중에 한국방송통신대에 입학하여 1년을 마치고 복직하여 다시 야간대학에 편입 절차를 거쳐 학사 자격증을 받았다. 이것으로 은행 공채에 응시하여 신입행원으로 출발하였지만 너무나 생소한 업무이고 적성에 맞지 않아 마음고생을 많이 했다. 처자식을 부양해야 한다는 의무감 하나로 사력을 다해 업무를 익혀 나갔다. 세상일은 뜻대로 안 되는 것인지 난데없는 국가적 경제 상황으로 외환위기가 왔다. 금융계에 통폐합이 이루어지고 인원감축이라는 구조조정이 이루어졌다. 나도 53세에 억지로 명예퇴직을 당하고 물러나 불안했지만 다행히 자녀교

육은 대학까지 거의 마무리 되고 아파트라도 한 채 마련한 상태였다. 노후대책은 미비했지만 더 이상 경제활동은 접어 두고 제 이의 인생을 지금까지 20여 년 달려왔다. 어린 시절의 꿈이었던 문학 활동과 여행에만 열중한 결과로 작가(수필가·시인)로서 한국 문단에 이름을 올렸고 20여 권의 수필집과 시집을 출간했다. 아프리카를 비롯한 지구촌의 여러 관광지에 발걸음을 했으니 가고 싶은 여행도 거의 마쳤다. 무엇보다 신앙생활도 열심히 하여 죽음에 대한 영원한 안식처도 마련한 셈이니 무엇을 더 바라랴 싶다.

박경리 소설가가 '버리고 갈 것만 남아서 홀가분하다'고 마지막 고백한 것처럼 지금까지 살아 온 세월이 어쩌면 기적처럼 여겨진다. 내게 오늘의 평안함을 가져다 준 물질적 면의 고마운 직장과 영적인 하나님의 인도하심에 가슴이 벅차오른다.

나의 문단 생활

　직장에서 은퇴한 지 올해로 24년째 접어든다. 고교를 졸업하고 바로 시작한 생활전선에서 공무원과 은행원을 끝으로 먹고살기 위한 공식적인 직업의 23년이 끝이 났다. 직장에서 뛴 만큼 백수 생활을 비슷하게 한 셈이다. 자영업이나 알바도 하지 않고 수입이 될 만한 일을 완전히 떠나 있었다. 사실을 말하자면 그럴 능력이나 재주가 없었다고 할 것이다. 그렇다고 무작정 허송 세월을 한 것도 아니다. 그동안 어린 시절의 꿈이었던 소설가는 되지 못했지만 수필가와 시인으로 문단에 등단하여 열심히 활동 하였다. 톨스토이나 괴테 같은 문호를 존경했지만 나의 역량이 미치지 못하는 하늘의 별로 여기고 가벼운 수필과 시를 쓰는 작품활동에 만족했다. 70대 중반에도 강남에 있는 사회복지관에서 10년째 수필 쓰기 강사로 봉사하고 있다. 정년이 없기에 건강이 허락하는 한 시니어 늦깎이 제자들을 길러내는 일에 최선을 다하는 것에 보람을 느낀다.
　직장 생활을 하는 동안 1996년부터 문단에 이름을 올리고 활동한 지 28년이 되었다. 이제 문단 생활도 시들해지고 더는 의미 부여를 하고 싶잖다. 한국문인협회 지역 단체 회장직도 했고 한국수필 작가회 회장직도 거치는 동안 스트레스도 많이 받고 여러 문인과 교제도 했다. 이제 나이도 들고 가능하면 나 자신에게 충실하고 싶어 행사 모임도 삼가고 그냥 회원으로 등록하며 지내는 것에 만족한다. 지난 문단 생활을 돌아

볼 때 얼마 전 고인이 된 두 명의 문인이 기억에 남는다. 한 분은 평생 일 정한 직업은 없었다. 그저 정치에 관심이 있는 분으로 여겨졌다. 국회 출 입기자라는 명함도 보여주었고 문단의 어떤 행사도 놓치지 않고 얼굴 을 내미는 것 같았다. 국내 이름있는 문예지에 시인으로 등단하여 스스 로 문학회를 만들어 책을 발간했다. 그가 가장 역점을 둔 사업은 백두 산 탐방을 주관하는 일이었다. 나도 그가 모집하는 단체에 끼어 백두산 을 다녀온 적이 있다. 인천항을 출발하여 배를 타고 서해 바다를 건너 중국으로 입국하여 고구려 옛땅을 밟아 보았다. 광개토왕의 영토확장의 현장인 비석도 눈으로 확인하고 6.25 때 폭격 맞은 압록강 단교도 거닐 어 보았다. 내가 그를 알게 된 직접적인 인연은 지역 문화원에 부원장으 로 근무하는 동안이었다. 그는 이미 문화원에서 향토문화사 연구를 맡 아 초안산의 내시 공원을 조사하여 책을 발간하는 일을 진행 중에 있었 다. 그는 한국문인협회 지역 회장을 맡았으나 회원들 간에 잡음이 많은 듯 했다. 나는 갑작스런 국가 외환위기 사태로 은행에서 구조조정을 당 해 조기 퇴직을 하고 쉬고 있던 중 지역 문화원 원장의 추천으로 부원 장을 맡아 무보수로 일했다. 이 때 김 시인과 인사를 나누고 가깝게 된 이후로 꾸준히 문단 생활에서 접촉하는 기회가 많아졌다. 그는 회의 석 상에서 공식 모임인데도 관련이 없는 자신에 관한 신문이나 잡지 기사 를 복사해 유인물을 돌리곤 했다. 사람의 명예욕이 무엇인지 그를 통해 더욱 알 수 있었다. 한국문인협회 이사장직에 출마하기도 하고 국회의 원 선거 공천을 위해 뛰는 일도 포기하지 않았다. 평소에 서로 친한 사 이로 지내지 않았기에

서로 연락도 안 하고 지내던 중 작년에 그의 지인으로부터 부음 소식 을 들었다. 과로사인 듯으로 여겨지고 심장 쪽에 문제가 있었다고 한다.

김 시인을 생각하면 무슨 성과도 없이 그저 바쁘게 뛰어다니며 체력을 소모하고 그리되지 않았나 싶어 안타깝게 여겨진다.

다른 한 분은 고등학교 교사로 정년 퇴임하고 문단에서 수필 장르에서 작품 활동을 했다. 그는 나보다 나이는 두 살쯤 위이지만 동향 사람이기에 허물없이 지냈다. 교사 출신이라 그런지 그의 성격은 아주 꼼꼼하고 빈 틈이 없었다. 그가 쓴 '남자 파출부' 라는 책 제목이 암시하듯 성격상 현모양처 같은 면이 보인다. 설거지나청소를 해도 어찌나 깔끔이 노릇을 하고 검소하지만 인색함에 가까웠다. 이런 이유 탓인지 부인과 이혼하여 혼자 지내고 있을 때 그의 콘도가 있는 제주도에 놀러 간 적이 있었다. 그는 손수 택시 기사 노릇을 하며 관광지로 안내하였다. 관광이 끝나고 돌아올 때 사례비도 드리고 점심도 내가 대접할 만큼 그는 철저한 영업 마인드를 가진 듯했다.

내가 그에게 차츰 멀어지게 된 것은 외모와는 너무 다른 여성 편력이었다. 그는 어떤 여자를 만나고 성관계까지 갔다는 얘기를 스스럼없이 내게 재미 삼아 털어놓았다. 평생을 교육계에서 보낸 사람이 어찌 전혀 다른 모습을 보여주는지 놀라웠다. 아마 부인이 자신을 버리고 떠난 것에 대한 앙갚음의 반작용이 아니었을까 하는 생각도 들었다. 그는 재테크에도 뛰어났는지 오피스텔이나 아파트도 두 채쯤 소유했고 교원 연금도 두둑하게 나오는 편이니 경제적 여유는 충분해 보였다. 그는 여성 문인들 중 누구를 어떻게 만나고 상대방이 자주 바뀌는 걸 자랑스레 얘기했다. 그래서인지 내가 아는 여성 문인들과 대화를 나누다 보면 이미 그는 바람둥이로 소문이 파다했다. 문단에서 활동하는 회원이라면 적어도 품위 있는 지성인을 연상한 나에게 그는 파격적인 모습을 보여 주었다. 그의 유혹에 넘어 갔는지 아니면 스스로 즐기는 쪽이었는지 여성 문인들의 처신도 실망스러웠다. 나는 그와 거리를 두고 연락을 끊어 버린 지 몇 년이 지났다. 들리는 소문에 따르면 그는 코로나 사태 때 1차 백신을 맞고 부작용인 듯 폐렴으로 사망했다고 한다. 가족도 방문이 안 될 만큼 출입제한이 엄격한 시기에 세상을 마감한 그의 마지막이 무척 쓸쓸하고 허전하게 다가왔다. 성적탐닉이 과연 그에게 어떤 의미를 주었는지 모른다.

프랑스의 루이 15세는 왕으로서 아무런 업적도 남기지 못하고 오로지 바람둥이로 세월을 보낸 한심한 분이었다. 당시에는 공식 왕비 이외에 공식 정부(첩)를 둘 수 있는 제도하에 퐁파두르 부인(1721-1764)이 대표적 인물이었다. 그녀는 외모는 물론 자신의 노력으로 지성과 교양을 쌓은 덕에 왕의 애첩으로 15년 동안 자릴 지키며 비선 실세로 국정 농단을 했다. 자신의 건강상 이유로 성관계를 유지할 수 없게 되자 왕의 바람기를 잡기 위해 묘안을 냈다. 사슴 정원이라는 이름을 걸고 사슴 농장과는 무관하게 사실은 매춘부 양성소를 운영했다. 왕을 모시는 예절 교육을 시키고 철저히 행동거지를 관리하여 왕의 마음을 사로잡는 데 성공했다.

인생 후반부에 더는 부질 없는 일에 정력을 소비하지 않고 부끄럼없는 문인으로 조용히 지내며 그래도 괜찮은 작가로서 문단에 남아 있기를 소망한다.

나의 신앙생활

고딕식 건물의 교회 주변이 벚꽃으로 둘러싸여 성가대의 청아한 합창 소리처럼 들린다. 다른 교회에 기웃거리는 일 없이 오직 한 교회에서 평생 신앙생활을 하였으니 이것도 복이 아닐까 싶다. 아내가 먼저 교회를 선택하여 우리 가족을 인도하였고 여성 장로 직분까지 받아 교회를 섬겼다. 나도 거의 아내 따라 억지로 신앙생활을 하다보니 일반 성도에 머무르지 않고 항존직분(안수집사)까지 받아 70세에 은퇴했다. 돌아보면 인간의 삶에 지대한 영향을 미치는 여러 신들이 존재하지만 창조주 하나님을 믿고 여기까지 달려왔으니 감사할 뿐이다.

문인으로서 기독교 신앙과 문학을 어떻게 조화를 이루어 형상화 작업을 할 것인지 항상 고민스럽기도 했다. 교회에 발을 들여놓으면 봉사는 필수 사항이 된다. 나를 죄에서 구원해 주신 은혜에 감격하여 성도로서 교회 공동체를 위하여 맡은바 직분에 충성을 다 해야 한다. 나는 주님이 내게 주신 한 달란트의 글쓰기 재능으로 16년 동안 교회 홍보부장으로 일했다. 홍보부의 주된 사업은 교회 소식지를 일년에 네 번 발간하는 작업이었다. 담임 목사님의 칼럼과 설교 말씀, 교회 각종 행사, 성도들의 동정란과 글쓰기 마당 등의 콘텐츠로 꾸며 편집 계획을 세웠다. 이에 따른 원고 청탁 및 수집, 사진 구하기, 원고 교정, 출판사 출입으로 책이 나오기까지 긴장된 시간을 보냈다. 교인들 중에 편집위원을 구성했지만 그들은 원고 교정이 주된 일이고 나머지 부분은 모두 내가 담당해야 할 책임이었다. 교회 부서에 적임자를 찾기란 쉬운 일이 아니고 특히 글쓰기 취미를 가진 분은 더욱 그러했다. 머리 아픈 일은 누구나 하려 들지 않는 게 공통된 사람의 심리인 듯 싶었다. 책을 발간하고 배부할 때까지 인쇄가 잘못 나왔거나 성명이나 직분, 내용이 착오를 일으키지 않았나 조마조마한 마음이 아닐 수 없었다. 교정 작업은 아무리 열심히 해도 책이 나오면 틀린 곳이 튀어나오는 걸 보면 어쩔 수 없는 한계를 실감했다.

교회 소식지 발간 작업과 함께 소그룹 모임인 영어 성경반을 잊을 수 없다. 기독교도 교파가 여러 개로 나뉘어져 내가 속한 교회가 예수교 장로회 통합측으로 장로회 신학대학 출신들이 주류를 이룬다. 해외에서 유학 온 선교사들이 본 교단 소속 장신대에서 학위 과정을 받으러 많이 와 있어 우리 교회도 요청하면 주일마다 아르바이트식으로 파견을 받을 수 있었다. 일년에 한 번씩 선교사들이 바뀌긴 해도 영어 성경 강사로 부족함이 없었다. 이 모임에 내가 총무직을 맡아 봉사하다 보니 선교사들과 개인적으로 가까워 질 수 있는 기회가 주어졌다. 그들이 학위를 마치고 본국으로 떠날 무렵에 인사동 거리나 남산 한옥마을을 보여 주고 시내 관광 가이드 역할도 했다.

선교사들과 영어 성경 공부를 통하여 친밀한 관계도 유지하며 추억을 쌓았지만 헤어지고 나니 자기 생활에 빠져 곧 잊혀지고 만다. 사람의 만나고 헤어짐이란 덧없는 것이기에 주어진 여건에서 최선을 다해 좋은 인상을 남기도록 노력할 뿐이었다. 그래도 10여 년 이상 영어 성경반을 운영하면서 기억에 남는 선교사는 현재까지 캄보디아에서 아동 사역을 하고 있는 여자 선교사(아도노 크로스)이다. 그녀는 인도 북부 나가랜드 출신으로 미혼으로 오로지 캄보디아에서 사역을 한다. 한국은 너무 잘 사는 나라인 만큼 못 사는 나라를 일부러 선택했다고 한다. 지금도 페이스북으로 소식을 알 게 된 필리핀 출신 여자 선교사(자리타)도 인상에 남는다. 목포 지역의 신안군 섬마을에서 사역을 오래 했기 때문에 전라도 사투리까지 익숙한 그녀는 명랑한 성격이었다. 임기를 마치고 본국으로 돌아갈 무렵 산부인과 수술을 받아 염려됐지만 결혼하여 두 아이를 기르는 엄마로 페북에 자랑스레 모습을 비추는 걸 보니 무척 행복한 모습이었다.

한 알의 밀알이 땅에 떨어져 많은 열매를 맺는다는 성경 말씀대로 내가 다니는 교회는 설립 목사가 탕자의 삶에서 돌아와 배꽃 피는 동산에 교회를 세웠다. 그는 젊은 시절에 친구들과 밤늦게 집으로 돌아와 어머니께 술상을 차려오라고 행패를 부렸다고 한다. 홀어머니는 오로지 아들이 회개하고 목회자의 길을 가도록 눈물로 기도했다. 그는 윤동주 시인과 함께 연희전문에서 동문수학한 사이로 설교 때마다 가끔 '하늘을 우러러 한 점 부끄럼이 없기를' 라고 시작 되는 서시 작품을 낭송하곤 했다.김종수 설립목사는 대광고등학교 교목을 거쳐 마침내 어머니의 기도대로 동대문구 중화동에 교회를 개척(1969년 9월 7일)하여 오늘의 큰 교회로 성장케 했다. 내게 세례를 베푼 설립목사는 항상 한복 두루마기 차림으로 남녀노소를 불문하고 '아이구, 형님' 하면서 큰 절을 올리는 게 그의 트레이드 마크였다. '형님' 이라고 부르는 호칭에 약간 거부감도 느꼈지만 '하나님 사랑, 이웃 사랑' 이라는 성경의 핵심 가르침을 몸소 실천해 보인 사랑의 표현이라고 이해하게 됐다.

2대 아들 목사에 이어 3대 목사로 부임한 젊은 목사가 우리 교회의 뿌리라 할 수 있는 사랑의 천국방언을 교인들에게 가르치고 있다. 설립 목사의 유언 시 같은 마지막 명작이 우리 교회의 전통을 이어 예배 때마다 찬송가처럼 불리워지고 있다. 예수님의 마음을 닮게 하는 사랑의 천국방

언은 '사랑' 이라는 주제를 그대로 깨닫게 하면서 일상의 어휘로 성도들의 가슴에 울림을 준다.

고맙습니다 감사합니다 미안합니다 죄송합니다 / 반갑습니다 사랑합니다 잘했습니다 믿겠습니다 / 애야 괜찮다 다 모르고 그랬는 걸 뭘 / 애야 괜찮다 너 나와 같이 살자 / 애야 괜찮다 다 나 때문이다 / 애야 괜찮다 내가 썩어야지

애야 걱정 마 / 밀알 하나가 땅에 떨어져 죽어만 봐라 많은 열매를 맺느니라

애야 잘 믿어야 한다 애야 잘 살아야 한다 / 애야 잘 죽어야 한다

애야, 영원한 천국에서 더 잘 살아야 한다.

(김종수 설립목사. 사랑의 찬국방언)

2대 목사(설립목사의 아들)가 2013년도에 나의 병문안을 오셨다. 밤중에 심근경색으로 쓰러져 119에 실려 동네 병원을 거쳐 서울대 병원 중환자실에 누워 있을 때였다. 무의식 상태에서 목사님이 다녀간 줄도 몰랐는데 아내를 통해 듣게 되었다. 예배에 참석한 성도들이 나의 쾌유를 위한 중보기도를 했고 목사님이 바로 병원에 오셨다고 한다. 목사님이 기도문을 코팅까지 하여 나중에 건네준 글귀를 읽어 보니 '어서 일어나서 교회 소식지를 만들어 달라' 는 내용도 들어 있어 가만히 웃음이 나왔다. 얼마나 목사님이 교회 소식지 발간에 애정을 두고 있었나를 알게 하는 대목이었다. 아무튼 나는 기사회생하여 한 호도 거르지 않고 소식지 발간을 계속하였고 70세 은퇴와 함께 중단되었다. 내 뒤를 이어 작

업할 수 있는 후임자가 나타나지 않았기 때문이다. 지금까지 10여년 생명이 연장돼 살아가는 것도 하나님이 내게 주신 은혜라고 여기며 감사한 마음뿐이다.

겨우내 삭막하던 산야에 다시 봄날이 찾아오고 꽃들은 다투어 화사하게 피어난다. 기독교의 가장 중요한 사건인 십자가의 죽음과 부활을 연상케하는 하얀 벚꽃을 바라본다. 예수님의 죽음이 죽음으로 끝나지 않고 무덤에서 다시 살아났다는 사실이 기독교의 본질이 아닌가 싶다. 하나님이 죄로 인해 불화했던 관계의 인간을 다시 용서해 주고 자녀로 삼아 주셨다는 사랑 이야기는 감동적이다. 자신의 외아들을 세상에 보내 우리를 대신해서 죽게 하시고 다시 살려내셨다는 극적인 사건이 펼쳐진다. 예수님이 사람이면서 신의 아들임을 증명하기 위해선 무덤에 머물지 않고 부활이라는 놀라운 사건을 보여 주었다. 믿음이 깊은 아들이 내게 이런 말을 했다. 하나님은 우리를 위해 자신의 아들까지 내어 주셨으니 더는 우리가 무엇을 요구할 염치가 없다는 것이다. 하나님으로서 할 수 있는 모든 것을 우리에게 다 해 주셨다는 이야기이다. 하나님의 무조건적인 사랑이 조건에 따라 움직이는 세상의 원리와 너무나 다르다는 걸 깨닫고 주님의 크신 사랑 앞에 감격하며 불평불만 하지 않고 잘 살아야겠다.